安娜 你会回来的

楚方 著

加拿大国际出版社

Canada International Press

书名：安娜 你会回来的

作者：楚方

责任编辑：北宇

出版：加拿大国际出版社

印刷版国际书号 ISBN 978-1-998479-00-9

电子版国际书号 ISBN 978-1-998479-01-6

2024 年 10 月第一版

2024 年 10 月第一次印刷

版权所有，翻印必究

Book Title: Anna You Will Come Back

Author: Chu Fang

Editor in Charge: Bei Yu

Publisher: Canada International Press

Printing version ISBN：978-1-998479-00-9

E-Book ISBN：978-1-998479-01-6

First edition, Oct 2024

First printing in Oct 2024

作者声明

本小说讲述的故事是虚构的，尽管故事参考了作者个人的知识和经验。小说中的姓名、人物、学习和工作单位、大小事件，都是作者想象力的产物。本小说中虚构的人或事件，与真实的人或真实事件的相似之处，纯属巧合。

编者导言

作者楚方是个有趣的人。有趣不止是交谈起来有趣，而且是兴趣广泛爱好多样。我和楚方是同校校友，但在校时并无多少交集。这几年一起通过网络一起玩音乐才逐渐熟悉相知起来，发现我们共同的爱好很多，生活轨迹也相似。虽为理工男，却都有颗文青的心。爱读书也是我们一直保持下来的习惯。别人的故事读多了，楚方自己也手痒了，这就有了这本《安娜 你会回来的》的诞生。

如果直达主题也可以称为"方杰求偶记"，但那样许多爱情小说也可以概括成"某某求偶记"。这个简单的主题乃是千千万万的小说、诗词及歌曲写不尽的风光。读者拿起小说读的是这一段独特的人生经历。好的作品会让你感同身受。我喜欢《安娜 你会回来的》那种生活化的真实感。

在顶尖大学拿到工科学士、社科硕士，又在社研院有铁饭碗的主人公方杰应该是人生赢家了，可是其求偶之路可谓一波三折。为了撩妹，吉他弹唱、笛子，以及初学的国画，各种卖弄，结果还是经常碰壁。一个外地农村的出身居然成了他求偶的最大的绊脚石，害得一个才华横溢的大好文青浑身的荷尔蒙无处发泄。在灯红酒绿的千万人口的北京，方杰时时的感受是深到骨髓的孤独之痛。千辛万苦终于抱得美人归，还是个金发美女。又遭一劫，方杰不由得喊出"安娜，你会回来的"。

一个文青的终极梦想是自己的作品出版了，特别是小说这样大部头的作品。《安娜 你会回来的》圆了楚方的梦。但同时是展示了一段 90 年代才入社会的一个年轻学者的求偶传奇。你想不想一睹为快呢？

北宇

目　录

安娜 你会回来的

引言

　　人常常是孤独的，当年在北京这样的大地方的我感觉愈甚。人会觉得更孤独，更脆弱得多，如果他是个住在北京的单身外地人。在这个大都市，来自南方外地的我刚开始平生第一个工作。那时候像很多其他大学学生、毕业生一样，因为在北京举目无亲的孤独，因为青春荷尔蒙的旺盛、社会的期待和催促，在忙碌的学习工作之余，我也战兢兢地加入了寻找另外一半的人流。

2020 年 12 月

方杰

序幕

安娜 你会回来的

第 1 章　方杰目送莫婷消失在小路的尽头

1990 年 4 月中　南昌郊外前塘镇

偶然相识后经历了三个月的书信来往，莫婷半推半就地同意了方杰的求爱。莫婷在南昌江岸大学读经济专业二年级，是个俏丽的文科生，曲线玲珑优雅，气质清高恬淡。方杰在北京名校五道口理工学院社科系读研究生，相貌清瘦标致，性格平和善解人意。

他们商量好，在方杰回江西老家做社会调查期间，在南昌市郊外前塘镇一旅馆悄悄见面。那天莫婷穿贴身的浅红连衣裙，展现她凹凸有致的身材；裙子的巧妙设计，显露出一抹前胸和修长的手臂。方杰穿淡黄短袖衫，深黑长裤，新剪的平头短发，试图留给莫婷一个斯文干练的知识分子印象。

方杰上午坐火车到达前塘镇，和莫婷一起愉快地在市郊旅游景点游玩了半天。傍晚时分，他俩回到方杰住的旅馆。这个旅馆坐落在山脚，像栋偏大的砖瓦民居；大门前小溪绕过，溪上一架木板桥，连结通向旅馆的小径。

旅馆前厅左边的房间，是方杰的住处；房间装饰简朴，窗边温暖的斜阳照射。莫婷还不怎么熟悉方杰，进了房间要方杰把房门半开着。方杰和莫婷一右一左坐在床沿，方杰弹起随身携带的木吉他。因为靠得近，两人都有些拘谨，可又十分愉快。边聊天边拨动悦耳的琴弦，方杰说："你唱首歌，我来伴奏。"

“我是音乐盲呀。你弹唱，我跟着哼吧。”莫婷有些犹豫。

方杰也信心不足，说：“吉他我也是初手，我们试试《恰似你的温柔》，我大学时期学会的。”

方杰调试了吉他，莫婷拿起方杰的歌谱笔记本，他们一起羞涩又愉快地弹唱起来。

“到如今年复一年，我不能停止怀念，怀念你，怀念从前。但愿那海风再起，只为那浪花的手，恰似你的温柔。”

轻悠地弹着分解和弦，方杰的嗓音清亮；莫婷说不会唱歌，可有天生的好乐感，她的伴唱轻松甜嫩。在浪漫的音乐感染下，两个人连手都不敢碰，照样沉浸在恋爱的气氛中。不怎么忙的两个旅馆前台女服务员，听完他们的弹唱，走过来轻声地鼓掌。不想打搅这对情侣，他们又很快悄悄地走开。

第二天早上，莫婷从大学坐公共汽车再来看方杰。在旅馆聊了一阵子，他们一起出去走走。外面气候阴凉，他们慢慢走在树丛环绕的泥土路上。意识到莫婷闷闷不乐的样子，本来与女友相见很愉快的方杰，心里有了不详的预感。

“我们算了吧，不谈了。”莫婷平静坚决地说。

听了莫婷的话，方杰震惊之后沉默许久，痛苦地说：

“真的吗，你真的要停止我们刚开始的关系？”

莫婷说：“我昨晚仔细想了，两地分居谈恋爱很难；你是农村来的，估计我爸妈也不会同意。”

“我年纪小，心理上还没有准备。我们谈不下去，我真对不起。"说着说着，莫婷低头含泪。

"你再好好想想，我们刚刚同意了建立关系。"无奈的方杰，发出最后的请求。

看上去极度悲伤的莫婷抽泣地说："真对不起。"

方杰想再说点什么，欲言又止，知道莫婷已经下了决心，说什么也没用。从浪漫甜蜜的秘密约会，到永久的告别，方杰伤心得神思恍惚。莫婷说下午要送方杰去火车站，方杰不想延长他们间的尴尬，回绝了她。简单机械地说了再见，方杰呆呆地目送莫婷消失在小路的尽头。

南昌去沙河地区的火车

方杰记不清怎么上回老家的火车。这是铁路运输的淡季，车厢里空空的没多少人。方杰与莫婷在前塘分别后，这几个小时一直恍恍惚惚，好像是在梦中，也好像是刚喝了两盅烈酒。

这是方杰第一次失恋，中小学时方杰和班里的女同学有过淡淡的喜欢。大学的时候也迷恋上追逐过三四个女孩，花了大功夫写的几封情书，寄出去后毫无音信。和很多单身年轻男人一样，方杰渴望有个女人，想爱她们想占有她们。

那年代的学校里，男女学生之间有条很深的鸿沟，几乎没有私下接触交往的机会。方杰能有漂亮的莫婷做女朋友，算是碰上好运。这天与莫婷分手，除了有情感上的苦痛，方杰也觉得找到个理想对象的少见机会，瞬间在眼前消失。

近几个月的书信来往和这次见面的长谈，方杰知道莫婷喜欢自己，不会愿意分手。可摆在她面前的确实有一堆困难。两个人北京江西两地的长时间分离，她父母因为方杰是农村人可能的反对，与方杰的感情纠结带来的压力和对学习的影响，对莫婷来说是一个个让她心烦的难题。莫婷是个外表倔强内心脆弱才十九岁的学生，方杰猜测她实在承受不了维持感情关系的负重，决定放弃。

从道理上来说，方杰知道莫婷的苦处；可在道理上的理解怎么能缓解感情上的疼痛。大半天过去了，失落和迷茫丝毫没有减轻。方杰是个逆来顺受的人，接受和莫婷分手的痛苦不可挽回。

自己是成年人，跌倒爬起来继续往前走吧。前思后想许久，方杰决定独自忍受这个人生之路上遇到的打击，不跟家人和朋友提起，让这事随着时间的推移慢慢过去。独自伤感几个小时后，方杰到达沙河地区家乡车站。

第 1 集 毕业 1990 年 · 北京

安娜　你会回来的

第 2 章 我们毕业分配的时候到了

4 月 五道口理工学院宿舍楼

与其他同一级的研究生们一样，我住在十六号研究生宿舍楼。刚建筑完工的十六号楼和旁边的十七号楼，是内墙为混凝土外墙为砖块的八层平屋顶建筑。十六号楼分东西两部分，楼的平面为两个 Y 字的组合。宿舍楼突出外阳台结构，外墙红砖与白色抹灰的组合，显现丰富有时代感的装饰效果。两年前搬入这栋崭新的宿舍楼那天，我为能够入住这个新家激动了好一阵子。

我的宿舍处在三层中间楼道的南边，和三个系里同届的研究生同屋。宿舍朝南的窗户两边，是两张铁架双层床，床的中间是两张大小一样的木制方桌。床的北边还有张同样的方桌和一个书架。宿舍里摆放不少家具和日用品，房间显得宽敞整洁。我们房间的北边，是刚刚分配到系里的年轻哲学老师谭旭的宿舍。

谭旭是个高个敦实的北方人，性格随和乐观。近期他忙着翻译一本重要的英文哲学原著。书终于出版了，谭旭这些天开心笑得合不拢嘴；这一天晚饭后他把对面宿舍我们四个学生叫到过道里，兴高采烈地大声说："我翻译的书印刷出版了，大家一人一本维特根斯坦的《哲學简论》，免费礼物。"

谷欣感谢谭旭赠书，很快地翻了几页，评论道："他的书风格简约，像个工程课讲义；每小段都要编号，读起来干巴巴的。”

谷欣个子中等，是河南人长得比我结实。他有浓浓的眉毛，一双大而有神的眼睛。

“其实呀，他每句话都有很深的意义，文字细嚼起来也很有韵味。比如他说：语言的界限就是世界的界限。很简洁却很深刻。”花了苦功夫出书的谭旭，讲起来津津有味。

谷欣读过其他维氏的书，继续评论道：“很让人迷惑的是，他一个机械工程师，跑到英国剑桥大学摇身一变，成了比大名人罗素还有贡献的哲学家。”

“看来好的哲学，好的学术，不需要玄虚繁琐；爱因斯坦用来制造原子弹的质能理论，是个两个变量的简单公式。”本科学物理研究生学哲学的谭旭，可以轻松自如地同时谈论科学和哲学。

我对维氏的学术也有一定的了解，说：“维特根斯坦，尽管走在世界思想界的最前沿，用简单得不能再简单的比喻来论述哲学。他的前期理论认为语言是世界的镜子，他的后期理论则完全相反，说语言是人的游戏。”

谭旭道：“是啊，这家伙太厉害。他半路出家，没有系统的哲学训练，也没有认真地看待哲学这份工作。他做哲学干干停停，当剑桥教授烦了，辞职去做小学老师当园丁。结果他轻松地搞出难于超越的两个前沿哲学理论。”

我开玩笑说：“我的学士学位也是机械工程方面的，看来将来想当个前沿哲学家，有一线希望。”

"哈哈，大家都有一线希望，只是比维氏的希望小很多；第一人家有天才的头脑，第二他来自有钱人家，不用去打工混饭吃，学术对他是纯粹的爱好。"谭旭说。

这时谷欣对大家说，他要撤了，晚上他还要完成一项作业。大家互相寒暄了几句，回到宿舍忙自己的事情。

五理工研究生宿舍楼

研究生毕业分配的时候到了。和大学毕业分配情形一样，同学们的人生路途又来到一个大的十次路口。除了同甘共苦几年的同学们间的恋恋不舍，研究生们更大的心理难关是毕业分配。那个时代中国的经济运作基本上是国家主导，大学生们毕业不用找工作。学校根据工作单位的需要，为我们分配工作。

拿到最高学府之一的硕士生学位，我那一届同学们对工作分配的期望确实很高。大家都想留在北京，都想分到政府机关或者国营大企业里。可是北京的大单位的名额有限，外地城市也需要高级人才，小公司私营企业也需要专业人员。研究生毕业本来是千辛万苦奋斗出来的大好事，毕业分配的理想和现实关系的不对称，造成了很多学生们的压力和不满情绪。

这天研究生班十多人在我的 316 宿舍聚餐，为准备去美国名校麻省理工学院读博士的朱其践行。班主任彭老师参加不了聚餐，但答应晚饭后来看望大家。这些日子里，同学们聚会的话题，会自然而然地跑到毕业分配和未来的工作方面。

说起大家都害怕又期望的未来，谷欣提起很多五理工学生都有的远大理想，努力工作争取将来做个大官名人："现在党和国家领导人里，五理工毕业生占了三分之一。省部一级干部的比例也是全国第一。"

"这是个很有趣的现象，和我们国家正在进行的工业化有关。五理工是中国最重要的工科大学，培养出来的国家级的领导人也更多。"我喜欢从理论的角度谈论事情。

准备去兰州读科技史博士的查国，继续我的理论分析："省一级的干部很多也是当地省级工科毕业生占多数，国外俄国也是这样，工程师治国。"

其他两位同学发表意见之后，谷欣拿起杯子，猛喝了一口啤酒，大声地激励大家："好好干啊，同学们。争取我们几个里面，将来也出个国家领导人，至少出个部级干部。"

我赞同地说："可能性很大，同学们加油干。其实五理工毕业的，不当大官，干我们的老本行，做工程师当学者，也前途无量。很多校友成了行业泰斗，企业老板。"

"我佩服的是我们学校的三四十年代，那时候出了多少学界泰斗啊，他们到现在还名声显赫；科学工程，国学文学，哲学经济学，数都数不过来。"查国谈五理工的历史如数家珍。

我这时想把大家出名成家拉回到普通毕业生面临的现实里："那时候确实是群星璀璨啊。不过理想归理想，我们还是要回到现实来。我大学时看到我们材料系的校友录，实际上绝大部分五理工的毕业生，做的都是普通工作，或者说比一般人的工作好一点的普通工作，出名成家的还真是极少数。"

谷欣说："说得很对，我们还是着眼分配到一个过得去的普通工作吧。"

查国说："能分配到一个好的普通工作便不错了。我们很容易忘记，五理工的校友中，也有人穷困潦倒。我小时候有个老师是五理工毕业的，文革中被迫害发配到苏北农村教小学。"

大家说到这里，我心里琢磨起来。在五理工快八年了，这个大学出了很多大官名人的事，我已经听到读到过很多遍。这也是当年的我和很多中国的高中生梦想上五理工的原因。不过天才归天才，名人归名人；我早就发现，每个时期五理工出来的毕业生，明星级的人物也就那么几个；一般的学生都有一个相对好些的工作，也都是芸芸众生而已。

不过要分配到这份相对好些的工作，加上高不可攀可又有一线希望的成名成家梦，使得我和我的同学们的事业期望非常之高。这种高期望同时也是巨大的压力，我和同学们最近感到这个压力，时常焦心得晚上睡不好觉。

同学们吃饱喝足之后，高谈阔论的兴致也慢慢降下来，这时候班主任彭老师来到宿舍楼。除了趁这个聚餐的机会来和学生们聊聊，彭老师也想在毕业分配的事情上为大家鼓鼓士气。

彭老师在我的底层床上坐下来后，说："今天我来看大家，也想谈谈分配的情况。"

谷欣喜欢学术研究和古文献，告诉过我对他的分配很满意，很快回答："我自己和图书馆的田教授谈了几次，他需要一个科技史研究助手，差不多可以帮我留校。"

"物理系要我回去搞行政，同时当辅导员，已经定下来了。"凯建擅长行政工作，有进入政界的理想，听起来对他的分配也挺满意。

在五理工附近的海淀大学读了本科的同学田文进，对他初步分到的工作单位不满意，谷欣对我说过他情绪有点低落。

彭老师问田文进："田文进，你怎么样？听说你对分配不满意？"

"我知道您已经尽很大的力了，可我真不想去北方师范大学的昌平分校。"田文进说。

田文进看上去很沮丧，我可以理解。那年代北京的郊区昌平，和外省的落后农村没有两样，分到那里和发配到边远地区差不多。

彭老师说："我现在还没有对你更合适的名额，我们再等一等，看看有没有别的机会。"彭老师面有难色，看上去因为没能为田文进安排到更好的去处感觉很抱歉。不过田文进学习成绩平平，我知道彭老师尽了他最大的努力。

彭老师继续问了其他同学的分配情况。我等了很长时间后，终于找到个机会问彭老师："彭老师，我的分配情况怎么样？"

　　彭老师回答："根据你的意愿，我在考虑你的一两个去处。你再给我几天的时间。"

五理工研究生宿舍楼

　　毕业前四月的一天，研究生楼里材料系的老同学小唐，邀请我和其他六个在北京读硕士的老同学们，在小唐的宿舍里举办庆祝毕业的小聚会。开怀畅饮之余，同学们的话题不由自主地集中在毕业分配上。

　　我拿起盛啤酒的玻璃杯，喝了一口啤酒，提高声调问大家："各位的分配情况怎么样啊？"

　　打算去英国读博士的小唐，刚打听到他可能要分到外地的基层单位，颇为失望："我的分配差不多定了，胡老师他们要把我分到大连一个小冰箱厂。专业不对口，地方我也不喜欢，我要给老师们闹去。"

　　性格豪爽的杜浩，狠狠地喝了一大口啤酒："嗯，你小子有点倒霉。多少地方需要你这样的高级人才，怎么要把你往这个破地方送呢。应该还有其他选择吧？让胡老师重新考虑一下。"

　　小唐说："可能没戏，负责分配的老师有指标，要多少人去基层，去支持边疆，上面都有要求。"小唐继续说他可能是学校分配到基层的硬指标的一部分。

　　杜浩还是愤愤不平地说："不给学生选择的自由，这样硬分配不合理。听说我们隔壁海淀大学的一个学生，被分到贫困地区，去威胁老师。"

小唐在大家的情绪平静下来一些后，举起手里半空的啤酒瓶，慢慢地喝了一口酒："不过和派到边疆的那些同学们比，我的分配算不错。"

杜浩用筷子夹鱼香肉丝，放到小碗里，边吃边接过小唐的话："毕业去边远地区，每个学校都有名额。因为学校已经招了来自边远地区的学生，按规定他们都得回他们的省份，这些学生会占据名额的大部分。我来自新疆，还好我去美国读工商管理硕士已经定下来了，否则我得回家乡。"

我也拿起酒杯喝了一口啤酒，说："有几个主动报名去边疆，是内地省份来的，本来没有必要去边远地区。他们算是为了建设边疆贡献力量，做出个人牺牲了。"

杜浩在大学一直是学生干部，对这个事情有更深入的分析："我也挺佩服他们的勇气。不过有些人算是志高人胆大，对自己的事业前程有大的规划。在中国要在官场有前途，经济落后的基层磨练很重要。五理工有很多人做了大官，走的是这条路子。"

我也注意到了中国政界的这个现象，说："尽管他们中很多有这个长远打算，最后成功走出穷困地区的人有几个呢？所以我还是佩服他们的吃苦和牺牲精神，咱们这些一般人还真做不到。"

同学们继续讨论其他几个同学的去向，我一边听同学们的交谈，一边观察他们兴奋又依依不舍的表情，心里也开始伤感起来。我寻思着，今天的这个研究生毕业小聚会，没有我们三年前本科毕业生大食堂酒会那样人多，伤感的情绪不相上下。

三年前也是在五道口理工，本科毕业时同年级两千来个同学们，要离别他们在一起五年的大家庭，工作分配到全国各地。两千学子们五年梦幻般的生活的嘎然而止，那震荡的感情之潮，如洪水般浩大汹涌。

同学们宿舍里各自收拾行囊后令人伤感的混乱，宿舍里几次对酒当歌的小聚会的惆怅。西大餐厅四五百人的告别酒会上，平时被老师管得服服帖帖的学生们，这时是情绪激昂，有说不完的事情吐不完的迷茫和惧怕；性格豪爽的喝高了更是放荡不羁，哭嚎的打闹的扔东西的摔酒瓶子的什么人都有。

学校老师和班干部们理解同学们的心情，想管也管不了多少，只要不出大事，也就听之任之了。等巨大的西餐厅夜深人散的时候，空荡荡的大屋里，几十张圆桌上盘碗乱堆，地上布满凌乱的垃圾和破碎的啤酒瓶，仿佛刚刚打完惨烈一仗的战场。

"方杰你们班够运气，一个班的人都可以留在北京，你还可能去国家机关。"我正在做白日梦，听到杜浩叫我的名字，骤然醒悟过来。

尽管我心里对我能留在北京这个事很满意，看到同学们愁眉苦脸的样子，我不好意思显露出来："哪里哪里，我这是歪打正着，专业是冷门，可分配上碰上好运。"

停了一会儿，我接着说："不过等你和小唐留学英美了，到时该我羡慕你们了。"

我说的不是客气话；当时中国还是发展中国家，要去西方国家留学，可是大学毕业生的最高理想。

"不管去哪儿，我们哥们可要奔向五湖四海，各走天涯，好好珍惜我们相聚的时光。大家干杯！"杜浩拿起酒杯，大声地提议道。

喝了不少酒，想起了分配和告别，同学们的的情绪开始激动起来，一起呼喊："干杯，干杯！"。

其中的一个同学补充道："不管分配去哪，都祝大家前途无量！"

带着复杂的心情，同学们继续喝了不少啤酒。再见的时候，平时个个要强的男子汉们，很多含着伤感的眼泪。我们生命中的又一个大告别、大转折点又要过去。

从同学聚会的宿舍走回 316 房间，我回想老同学们的神态和对话，感觉心里沉甸甸。一个人的生命中有很多个十字路口，大学毕业找工作和中学毕业上大学一样，应算作两三个大十字路口之一。在北京一起呆了七八年的老同学们，要各奔东西分散到五湖四海；有几个要从繁华的北京分派到偏远的边疆，或者落后小城的生产第一线。毕业的现实把大学里形成的兄弟姐妹隔开，让我们各走一方，各自面临不同的命运的征程。

在准备毕业那个学期来到之前，我以为我这个班级和其他院系的毕业生一样，很多不能留在北京。成为一个北京人有个北京户口，在城乡差别很大的中国是外地学生的梦想。后来听到我全班的毕业生均可留在北京，我像中了大奖一样兴奋。我知道剩下的毕业问题，则是分配单位的好坏了。

我毕业分配的去向有几种可能性：留在五道口理工当老师，去北京其它大学当老师，或者去国家部委做研究或搞行政。我的第一选择，和很多其它同学一样，是去国家部委工作。要得到国家部委的职位，各方面要求很高。我这三年的学习成绩优秀，给老师们的印象也很好；我觉得关键的地方是管分配的彭老师的看重和努力。

第3章 找对象对我是更艰难的任务

5月初　五理工研究生宿舍楼

我是研究生毕业前的那年和莫婷分手。接下来几个月的毕业课程、毕业论文和毕业分配，让我忙得找不到北，却也对我治愈失恋的心病很有益处。

我的研究生专业是科技的社会作用。我在五道口理工的本科读的是机械材料，本来大学毕业后要去工厂当工程师。读本科期间我对社会科学也挺有兴趣；一个很好的机会，让我得以参加刚成立的社会科学系的硕士研究生考试，进入社科系研读科学技术和社会科学的交叉领域方面的课题。

考上五理工的硕士研究生，像考上大学一样，是我人生路途中的又一个转折点。中国人迷信学位，能在五理工拿下更高的第二个学位，我当时心中的快活难以言说。研究生学历，是我事业生涯中的大进步，也给我留在北京分到好工作提供了机会。

读上五理工的研究生，我有了比五理工学院本科生更明亮的光环，在追女人找对象方面更有本钱，找到个我心仪的女人的可能性更大。莫婷和我分手，不是因为我的寻找配偶的条件不够好吗？尽管我改变不了我乡下人出身，但是我改变了我的后天条件，我在事业上有新的飞跃，在找对象的天平上，我为我的价值加了一码。当时我是这样盘算的，尽管后来的事情不符合我那时的预想。

在社科系学习两年多了，我深知在社会科学行业，和在自然科学领域一样，从业者的道路漫长而艰苦，绝大部分人不会像维特根斯坦那样成为社会明星。我内心想着，成不了社会或者行业的明星，不能是放弃一个人事业的理由。研究生毕业后我靠高学历，在北京找到个好饭碗、好的谋生手段，干我喜欢的研究或行政工作，我会心满意足。

这一天我在老图书馆查资料后走回宿舍，已经快到上床睡觉的时间。与我住一个宿舍的三位同学正休息看闲书。同学们关了宿舍天花板的日光灯，在中间大桌和各自的床头打开温暖的小电灯。这时我想吃夜宵，坐在我的床头方桌旁，用烧水电热丝在大号茶缸里煮鸡蛋方便面。

从宿舍窗户方向看去，左边帅哥凯建躺在二层床看书，瘦高个朱其坐在下层床上大桌边学习；右边和我一样中等个子的谷欣在二层床上看书。宿舍同学们做各自的事的同时，也谈天说地拉起家常。大家简单地讨论了白天各自上课的情况，话题很快转移到生活中的另外一半上。近期的新闻是凯建的艳丽女友大学毕业前要报名当空姐。

谷欣把书搁在床边，问起对面也在看书的凯建："你女朋友夏瑜真的要去考空姐吗？"

谷欣今天刚从我那里听到这个消息，忍不住向凯建打探起来。凯建不觉得这是个什么事，用他的低音嗓子简短地回答："差不多定下来了，她兴趣挺大。"

在今天的西方和中国，空姐是个普通的服务行业。可在上世纪九十年代初，因为坐飞机是有钱有地位人的事，空姐也像飞行员一样是收入好的高端职业，能进入这个行业的都是漂亮身材好的年轻女人。不过我和谷欣觉得，工资高是好事，大学生去做不要求文凭的空姐，是浪费人才浪费国家宝贵资源。作为大学生国家队队员的五道口理工毕业生，屈才去当飞机上的服务员，是挺可惜的。

坐在床前大方桌旁边的朱其，这时也放下书，参与进来："当空姐身材相貌最重要，夏瑜都能够通过，加上名牌大学学位，我想她没有问题。"

凯建听朱其夸他的女朋友当然很开心，不忘记也夸起朱其的女朋友来："哪里哪里，论相貌还是你女朋友漂亮。把她调到北京的事，有进展吗？"

朱其回答："很难。要等我留校的事定下了，我们领了结婚证，才能开始办调动手续。"

谷欣想起朱其办理去美国留学的事，提醒道："你就先别办调动手续了。你去美国读硕士的的事，都快成了，等着带她去美国就是了。"

朱其抬起头看前面二层床上的谷欣，说："你说得有道理，我也在做这方面的准备。"

谷欣性格外向喜欢说话，不知不觉地当上了宿舍会议主持人，低头看已经坐在床上吃方便面的我："方杰，看来你得加油啊。我们宿舍就剩你没对象啦。"

我回头看了谷欣一眼，无可奈何地说："是啊。不过这事急了也没用，我可能还要等到工作以后再找人介绍了。"

　　说到这里，我表面上好像没有什么，心里面却感触良多。

　　是啊，凯建同学有了固定的女友，谷欣和朱其和他们的女朋友们都谈婚论嫁，我何尝不着急不感到沉重的压力呢。和自己面临的事业工作上的挑战相比，找对象对我来说仿佛是更艰难的任务。我觉得工作上的顺利和不顺利，主要还是一个人的事；谈恋爱找对象，可完全是两个人甚至两个家庭的事啊。刚刚与莫婷分手，清清楚楚地说明了建立男女关系的复杂和困难。

　　八年在五道口理工读书，对学生们来说是很艰辛压力很大的年月。这里说的压力是残酷的学习压力，也是巨大的求偶压力。这两种压力，一方面是我们给自己施加的，因为我们要在最优秀年轻人的赛跑中出线，因为我们有青春年代旺盛的性欲望。另一方面，压力也是社会施加给我们的；是父母和社会对我们学业工作上的期望和激励，是父母和社会对我们找个好对象、立业又成家的期望和激励。

　　那时候五理工是以工科为主的大学，女学生在校园里是稀有动物。一个三十多学生的专业班，女生一般是寥寥无几；有些专业班甚至是和尚班，一个女生都没有。情欲上饥渴的男同学们，想交个女朋友只好到大学外面去找。当时没有现在的网络社交、酒吧社交，要认识一位异性大多数情况是亲戚朋友介绍或者学习工作单位组织的联谊活动。

5 月中　五理工研究生宿舍楼

我们研究生班的同学们快成为大龄青年，很多男同学还没有找到女朋友。班委会和附近的东方护士学校合作，在研究生楼安排一个帮男女同学们认识交友的联谊会。没有女朋友的我，当然有兴趣参加，可是怕场面尴尬又不敢去。还好谷欣乐意帮我一把，答应和我一起去凑热闹。

研究生楼顶层五楼活动厅设计得漂亮气派。这时正是阳光明媚的下午，厅内两个巨大的落地窗户，光线明亮。灰色仿大理石地板，乳白色的高墙，座椅安排在房间的四周，中间空着，当跳舞爱好者的小舞池。

比研究生们年轻好几岁的护校女孩们，很多轻盈白嫩，艳丽如花。联谊期间大家玩打牌唱歌跳舞等游戏，男女学生们通过玩游戏有了互动交流的机会。房间北边角落是唱歌的地方；作为班里吉他手的我，为志愿唱歌的同学们做伴奏。

与研究生班的一位男同学合作了两首歌以后，护士班的歌手胡亚蓉报名表演。胡亚蓉文静优雅，在这群女孩当中，不是最漂亮的可风姿绰约。胡亚蓉选了《请跟我来》这首歌，邀请我一起演唱。两人唱得优美动情，得到了观众们的叫好和掌声。

联谊会结束后，我和谷欣等收拾桌椅打扫卫生。和我一起搬一张长桌的时候，谷欣笑着对我说："勾搭上那个唱歌的护士，你小子看来有点戏了。"

我很喜欢和那个护士一起弹唱，不过倒不觉得和她有什么继续发展的希望：“她挺好看，身材也棒；不过我可能高攀不起。”

谷欣问：“要了她的名字和地址吗？”

我得意地向谷欣报告：“她叫胡亚蓉，我们聊了几句。她说以后要向我学吉他弹唱，给了我她的联系办法。”

谷欣可能想起我教其他女学生弹吉他的趣事：“哈哈，又是那一套啊，吉他外交。”

五理工五泉河岸

我和谷欣是同宿舍的知心好友，时常一起到离宿舍楼不远的五泉河岸边散步。这天晚间我们又从宿舍出发，沿河边小道，走出北面校门。我看到校内的水泥沟渠，过渡到校外的泥土河道。月光下河岸杨柳成荫，野草像毯子覆盖在地面，和暖的夜风徐徐吹过。三五成群的男女学生们，在繁忙的学习之余来这里闲逛，小声地说着话，享受城里没有的郊外风光。

聊了些生活琐事之后，我和谷欣的话题转移到我们的终身大事上。向开阔的河边草地扔去一段小木棍，谷欣半鼓励半开玩笑地问我：“找对象的事，进展如何？我们宿舍其他人都有主了，你得努力啊。”

我也捡起一片木块，往远处扔去，说：“进展缓慢。不像你和朱其，轻易地把高中的班花给撩上了，还定了终身。你介绍介绍经验吧？”

我这一段时期还停留在与莫婷分手后的失落中，至今没有向谷欣提起莫婷的事。

"也没什么好经验，两地分居谈恋爱，把情书写得漂亮些呗。我们两个都处在找对象的年纪，发现我们互相欣赏，慢慢便成事了。"

谷欣和女朋友何倩已经订婚，热烈的追女人暴风雨过去了，谷欣谈论起来显得心满意足。

我想起自己和莫婷谈恋爱，知道男女朋友两地分居的乐趣和艰难："那你们是怎么开始互相欣赏的呢？这个问题很关键。先说说你怎么捕获她的芳心的，她可是个大美人啊。你小子很厉害。"

谷欣道："老实说，我不是英俊少年，我们的事是典型的郎才女貌，和朱其的情况差不多。从外貌这个角度看，我们俩个人的女朋友比我们漂亮。不过我和朱其有我们的优势，才气和地位。在五道口理工读研究生，在中国是很风光的事，找女朋友便相对容易啦。女人都爱才。"

谷欣显然知道如何算好找女朋友这笔帐，对两方来说看来是要收支平衡。我欣赏谷欣的爽快，想起莫婷说过她看上我，也因为我的才气和我大学的名声。我笑道："你小子够坦率，看来男女之间的喜欢不光有那个神秘爱的魅力啊，也有很多现实上的算账。不过算账是一回事，能找到一个女人愿意和你谈买卖还要靠运气。高中同学里我也有欣赏的，可惜我一直没有下功夫，没有抓到机遇啊。"

谷欣带着颇有经验的口气说："是这样，在现实中要碰到一个合适的女人是不容易。从我个人经验来说，你我毕业后留在北京的可能性高，你还是尽量在北京找吧。两地分居处对象挺累人，以后结婚了一年见两次面更累人。把何倩调到北京，对我是万里长征的难事。"

谷欣对两地分居谈恋爱的见解，让我想起我和莫婷谈恋爱的苦楚，我顿时鼻子一酸。和女朋友两地分居的困难，我怎么能不知道呢。

"这个我很同意。可在北京找对象也不容易啊。怎么找呢？"

谷欣摆过来人的架势说："像革命电影里打游击战，各路出击呗。找对象也就两个办法，找人介绍或者自己认识。今天你认识的那个护士学生，是个好机会。"

"你这么一说，我真要抓住这个好机会。那下一步应该怎么办呢？"我有些信心不足，急切想听到谷欣的好主意。

谷欣提醒道："她不是说要让你教吉他吗？开始给她写信吧，先互相通信谈生活，培养感情。等机会成熟到她那里一起弹吉他去。"

我好像从谷欣那里获得一张军事作战图，打趣说："那好，我要执行你各路出击的游击战略。奇袭陈护士是我的第一大战役，哈哈。"谷欣听完我的战略规划，也大笑起来。说到这里，我建议换个话题，和谷欣交流起学习和功课的事。不知不觉地，我们沿着河岸走回宿舍楼。

5月 五理工第三教室楼

上完《科学与社会进步》课，班主任彭副教授找我谈分配的事。我们一起来到教室外走廊；走廊里光线充沛，一边是白墙，一边是开放设计的红砖石方柱和钢管栏杆。彭老师背靠走廊栏杆，我规矩地站着。

性格开朗善谈的彭老师，笑容满面地告诉我："帮你们几个同学找工作，很花力气。你喜欢科技理论方面的研究，我帮你找到了一个好机会。"

这半个学期一直为自己的工作操心的我，感觉仿佛一块石头落了地，庆幸地说："感谢老师，最近越来越为分配工作发愁了。"

彭老师继续说："我姨夫是中国社研院科技与社会研究所一位学术负责人，他们那里有个空缺，需要一个科技政策方面的研究人员，同时也参与权威刊物的编辑工作。"

我听到能分配到国家机关单位工作，有点不相信自己能这么好运，问："社研院是国家社会科学研究中心，我能进得去吗？"

彭老师说："靠我们学校的声誉，你的理工文哲背景，我对你的推荐，应该有把握。"

我开心地说："我也在考虑其他工作机会，看来这个是第一选择了。"

彭老师停下来看了一下手表，说要准备回家吃饭了，匆匆地交代我："你的学习和为人我都已经和我姨夫大致说了，他挺满意。下一步是面试，你要好好准备一下。你在科技发展理论方面有见地，也善于口头表达，面谈不会有问题。"

我兴高采烈地说："那太好啦，谢谢彭老师。"

和彭老师告别之后，我骑车回宿舍楼。一路想着彭老师推荐的好工作，我开心得走错了回宿舍的路，绕道一大圈才回到宿舍。

6 月　五道口饭馆

一天下午，我和谷欣逛完五道口新华书店之后，来到了一家小饭馆喝茶。饭馆前墙由大块的青砖砌成，大门前摆放着三张方桌。我们在饭馆外面的方桌旁坐下，面朝窄小的石板人行道，聊起天来。

得到社研院的正式聘用通知书，我还不敢相信是真的，激动地说："分配到国家机关单位做研究工作，以前我想都不敢想。现在竟成了现实。"

谷欣为我感到高兴，也很好奇我是怎么录用的，说："你可真是登上象牙之塔啦。说说你是怎么碰上这个好运的吧？"

我说："说老实话，我也是迷迷糊糊，觉得我没有什么出色的表现。简单总结一下，我能得到这个工作，主要是彭老师的推荐。"

我心里十分感激班主任彭老师。那个年代大学生找工作没有公开招聘，都是学校根据用人单位的需要，把学生分配到各个用人单位。班主任彭老师是我班级的协调人，的确是学生们未来命运的决定者。

谷欣同意我的说法，但也提醒我："不过你不要忘记，你是五理工毕业的研究生，还是我们班的三好学生。学习成绩优异，谈起理论来条条是道，才得到了彭老师的推荐。没有一定的竞争力，你是进不了社研院的。"

"谢谢你的洞察啊，你说的有道理，哈哈。现在客观地想想，我应该有一定的实力吧。"我开玩笑地说，心里感激好朋友的评价。

我继续说："这次分配工作，真是开眼界了。这可是我平生第一次找工作，第一次找就找到个 dream（梦幻）工作。我现在还是飘飘然啊。"

谷欣对他的分配也够满意，开心地说："我的情况比你简单，我写毕业论文的时候，到图书馆科技史料组做了些研究，田老师便决定要我当他的助手。我的工作单位没有你的高高在上，呵呵。"

我赶忙说："你的工作够高高在上了，不久将来的五理工科技史研究权威。咱们不互相比吧。"

这时，从街道来来回回的行人中，走来了一位年轻人，他胸前佩戴白底红字的五理工校徽。仔细一看，原来他是我不久前认识的江西老乡，在无线电系攻读研究生。我们三人寒暄了几句，那年轻人告诉我们他要去新华书店买书，要先走了。这时，我特别留意到街头巷尾的古朴宁静气氛，心生感慨，对谷欣说我们应该多来这里喝茶吃饭。

我和谷欣的对话回到新工作这个主题。谷欣问："回到你的工作单位，讲讲你的印象吧，满足一下我的好奇心。"

我说："你知道社研院就在建国门立交桥的东北边。我以前去过建国门东长安街一带，当时我没有什么印象。现在那一带已经面目一新，出现北京现代化的雏形。你闭上眼睛想象一下，你站在社研院大楼十二层的窗户旁，俯瞰宽阔的东长安街，长安街两旁高楼林立，长安街路上车水马龙。我那天在社研院里看到这样的场面激动不已，觉得建国门那一带开始像电视里看到的香港或者纽约了。"

谷欣说："听你的描述好像刘姥姥进了大观园。其实我们五理工这边的建筑也挺不错，只是没有什么高楼大厦，新建筑也不多。"

我继续说："面谈结束回到学校后，彭老师告诉我北京市要在建国门至朝阳门那个区域建设一个 CBD。他说 CBD 是个很流行西方城市概念，英文的意思是中心商务区。我不知道 CBD 到底是什么，但能看出来是数不清的新建的高楼大厦群。"

谷欣拿起茶壶往我们的杯子里倒茶，说："这个商业区我前不久听说过，在中国代表一个大都市的新兴经济技术文化聚集地。哪天要跟你去那一带看看。"

我喝了一口茶，说："现代化的市中心确实给人一种心旷神怡的感觉，社研院十六层办公大楼也翻修一新很气派。

更让我惊叹的是，在那里工作的学者们的办公条件。我们不光有时尚宽敞的办公室会议室，每个人还有一个阅读文件和午间休息的小单间。"

"另外一个优越的工作条件是，大部分搞学术研究或编辑工作的人，都可以在家里工作，每周只需要来办公室上一天的班。办公大楼主要供社研院的行政人员和后勤人员使用，平时空荡荡的看上去舒适得很。"

谷欣羡慕地说："你这样一说，我以后也要往你的单位挤啊。你们比大学教师还舒服，大学教师们也可以在家里工作，不过还要上课、跑实验室呢。"

"外在条件是很好，工作空间时间上很自由，我会很喜欢。不过听说那里的学者们的工作压力很大，在家里不能闲着。要不停地出产全国一流的学术论文和著作，能容易吗？"我换了个说话的口气，稍带愁容地说。

谷欣问："说起那些出产一流论文的学者们，他们在和你面谈的时候，没有给你难题？"

"这是我一生中第一次找工作，雇人的工作单位是在北京，还是国家机关。你知道对我有多么重要了。彭老师也没有给我其他选择，我得不到这个工作，说不定要分配到家乡江西了。我知道社研院高人很多，这次面谈肯定有难度，刚进入面谈的办公室的时候，我紧张得有点手足无措。"我说，还感觉那天面谈开始的紧张气氛。

谷欣说："我能理解。我的分配工作面谈就简单多了，和田老师聊聊天而已。"

　　我说："其实我不应该太紧张，彭老师事先安慰过，要不要雇我事先已经大致决定好了；去用人单位面谈只是看看我这个人怎么样，发聘用通知以前认识一下我而已。"

　　我继续说："很有意思的是，可能是因为他们已经决定聘用我，也可能是对彭老师的姨夫和他的同事们留下的印象不错。等我们聊起来了，好像我对他们提出的问题都有一定的知识准备，我觉得紧张的气氛很快消失了，我们的谈话很轻松顺畅。老天爷呀，我看来是过关了。我面谈后回大学的路上，心里基本有把握了。"

　　谷欣说："祝贺祝贺。你不光通过艰难困苦的面试，还收到令人向往的社研院单位聘用书，好样的。"

7 月　海淀区东方护士学校

　　研究生联谊会后的几个星期，我和胡亚蓉有两次书信来往。依照信上约好的时间，我坐公共汽车到达胡亚蓉的宿舍楼。胡亚蓉宿舍里有三张双层床，房间物品家具收拾得整齐干净。这是晚饭以后的时间，胡亚蓉说她的同屋同学都出去自习了。

　　尽管这次会面只是朋友间的交往，我当然有找胡亚蓉当个女朋友的期盼；我们本来是在相亲联谊会上认识的吗。我的来访，胡亚蓉看上去也很高兴。我猜测我的研究生学历和吉他弹唱的爱好，给她留下挺好的印象。

　　我们坐在胡亚蓉的底层床沿，她在左我在右。好像为了给客人好印象，胡亚蓉这天穿得清凉时尚。身穿薄纱衫配牛仔短裙，她魅力四射，让我欢喜又不自在。胡亚蓉拿好她的木吉他，我把我的的歌谱笔记本放在桌上。她近期开始学吉他，我答应教她弹唱《乡间小路》。

　　我右手指向歌谱上的吉他和弦符号，说："今天教你最基本的，用三个和弦 CAmG 弹唱。大部分通俗歌曲，都可以用三四个和弦来伴奏。我们试试《乡间小路》这首歌。"

　　"这三个和弦，我自己练了一段时间，感觉不是很难，只是不熟练。"胡亚蓉说。

　　我带鼓励的口气说："熟练不熟练，是练习时间的问题。"

　　"好，我们开始弹唱第一句：米米 米拉拉 多拉索 拉；这句用 Am 和弦。"我继续说。

　　胡亚蓉左手按 Am 和弦，右手用扫弦打出简单的节拍，唱出歌词"走在乡间的小路上"；我在旁边哼出男声伴唱。胡亚蓉看来很喜欢吉他伴奏男声伴唱的声音效果，兴奋地说："挺好听，没想到弹唱能这么简单。有吉他和男声伴唱，比我一个人独唱好听多啦。"

　　看到胡亚蓉激动的样子，我开心地说："我说过弹唱不难吧。好好练习，你会喜欢，让你的演唱更丰富动听。"

　　胡亚蓉说："太棒啦。有一个问题，一个乐句用哪个和弦，有什么规律吗？"

　　"这个问题回答起来简单又复杂；简单地讲，和弦的音符要尽量对应乐句的主要音符。"我说。

胡亚蓉捧着吉他兴致勃勃地试验起来，说："我看看；Am 和弦的音符是'拉多米'，这个乐段的主要音符是'米多拉'，配对得很好。"

我研习过音乐理论，不假思索地说："所以你弹唱的时候，好像吉他跟你唱，因为音符很接近。"

我开始教胡亚蓉如何用右手打节奏，无意识轻轻地握住她酥软的手，比划了一下。看胡亚蓉半透明衣衫下凸起的胸，闻她飘散女人味的香水，摸到她白嫩的小手，我一瞬间飘飘然。我们两人都有点尴尬不知道说什么，只是继续练习弹唱。

我们再弹唱了好一会儿，胡亚蓉停下来说很感激我的来访，用热水泡了两杯茶，建议我们休息一下。

我在桌子旁边轻声地弹吉他，胡亚蓉坐在离桌子不远的椅子上喝茶。两个人一起玩音乐一个多小时了，说话也放松起来。我们聊了一会儿音乐之后，胡亚蓉问我："你老家在哪儿呢？"

"我是江西人，老家在南昌的南边。"

胡亚蓉听后带吃惊的口气说："那真巧，我男朋友在南昌上大学，他是我高中同学。"

听了胡亚蓉说她有男朋友，我的心像被一个锤子重重一击。

"是够巧的。"我感觉无言以对。

胡亚蓉把有男朋友事说出来，我猜测她是故意，给我交个底，让我不要对她有进一步发展的期望。胡亚蓉这个对象候选人看来没戏，这次拜访只能算友谊之旅。我一下子觉得继续玩音乐的兴趣消失了。

尴尬之余，我找借口说我有不少功课要做，今天教吉他伴奏到这里了。胡亚蓉应该猜出她提到男朋友我不高兴，没有试图劝阻我。

在胡亚蓉的宿舍匆匆告别后，我坐上回五理工的公共汽车。公共汽车里，我有很多时间琢磨刚才和胡亚蓉在一起的情况。

追女人找对象这个事，我其实都不抱着什么希望了。上大学以来追女人的几次经历，从同学们那里听到的无数次的失败，追女人已经像在市场上购物一样，是一个市场需求关系讨价还价的过程。在生意做成以前，没有必要付入过多的期望和感情。

我的相貌，按照朋友们的评价，只能够中等偏上这个水准。我的身高在南方家乡算是中等，在北京便算小个子。我觉得我的个人魅力更在于我的温存和才华。从我过去的经历来看，我还算讨女人喜欢，只是从认识到喜欢的过程需要一些时间。

我近期忙于追求和我一起在学生报刊工作的女生，给她寄的三封书信都渺无音讯，我知道追女人是多么的不容易。当然这也和五理工学院女学生稀缺有关，很多一个三十学生的班级，只有三四个女生；女生里漂亮的，和我去过的其他大学相比，比例很小。在五理工找个女朋友，我常对同学说，真是难于上青天啊。

我以为作为一个名校的研究生，追求一个卫校的护士学生，比起在五理工找女生来，是很有优势。事实上我也注意到胡亚蓉是有一定兴趣，遗憾的是我迟到一步，胡亚蓉看来最近和她的中学同学好上。

和胡亚蓉的交往，我觉得结局是一个失望，但也不要过分在意。胡亚蓉已经有了男朋友，还愿意和我一起玩音乐，表示她还挺欣赏和我交往。再说，我觉得这次拜访胡亚蓉，一起弹唱的时候，我们都很开心。

第 2 集 新工作 1990 年 · 北京

第 4 章 世界是不可预测的

8 月　五理工近秋园饭店

八月初的那个星期，研究室派方杰以专业期刊编辑的身份，去参加和报道社研院和五理工合办的一个暑期学术训练班。训练班的主题是科学技术与哲学的关系，教课的老师是英国来的知名学者。

训练班的晚餐会在校内高档饭店近秋园进行。饭店外是荷塘环绕的古式园林，饭店内摆设华丽气派。刚刚开始工作的方杰，经历许多他的生活中的第一次；来到一个高级宾馆参加学术训练班，便是其中的第一次。

参加工作以前，方杰是农村来的生活拮据的学生，过去住过最好的宾馆是他与莫婷在江西前塘见面时住的小旅店。方杰住的其他旅馆，是往返北京和老家时停留过的火车站附近的破烂旅社。训练班开学的这天早上，方杰坐公共汽车来到近秋园饭店，看到饭店里装饰豪华的大厅，惊讶得以为到错了地方。

这次为期一个星期的学术训练班，做主讲的都是来自英国剑桥牛津的国际知名教授。一下子见到这么多西方学者，对方杰来说是第一次。这个训练班一共有四个英国教授，他们分别讲授人类文化、分析哲学、科学哲学和科学技术史。

近距离和这些教授交流，方杰注意到他们的言谈举止和电影中的英国人差不多。从初中到现在，方杰在课堂学了十多年的英语；真的和外国人说起话来，因为听和说方面实际经验缺乏，方杰战战兢兢地用英语和外国学者们交谈。

训练班第一天晚餐的时候，在热闹放松的气氛中英国教授们和中国学生们边吃喝、边汉语英语混杂地高谈阔论。方杰以国家级专业期刊编辑的身份，与刚认识的香港来的硕士研究生谭力，约好和伯顿、琼斯两名讲学教授一起吃饭，同时请教一些学术问题。

作为近期学术研究的一部分，方杰需要了解不同文化的人，在今生来世天堂地狱问题上，持有的不同的信念。方杰不相信鬼神，他的母亲可是深信不疑。方杰记得小时候有一个住在外村的女亲戚喝农药死去了，家里还没有得到这个消息，母亲已经感觉到了这个亲戚的幽灵，闻到了她喝的农药的气味。她拿起菜刀在满屋子乱砍，要赶走这个女鬼。年少的方杰，看到母亲那个样子，惊吓之余百思不解。

对鬼神世界信念的不同，又会影响个人的生活态度和行事方式。比如说，相信上帝的人，遇到生活中的危机和困难，心中有上帝的关照和爱护，再困难也有精神支柱。英国剑桥牛津是世界前沿的理论研究中心，方杰庆幸能直接听到这两所大学的学者们的看法。

琼斯是一位年过四十的牛津大学年轻教授。他身材中等，穿着很有英国绅士风度。伯顿是备受行业尊敬的剑桥大教授，看上去已经六十多岁，接近退休年龄。他给人的印象是稳重而儒雅，说话总是从容不迫。

琼斯与方杰、谭力闲谈了一会儿，又认真地听了方杰"世界上不同文化"的提问。好像注意到方杰的英语还不熟练，性格上很容易激动的琼斯，不得不慢慢地用英语回答："现代世界四大文化中，中国和西方有个相似的方面：相对其他文化，更重视现世。我们都生活在今天、现实中。"

方杰用不够流利、词句简单的英语，兴奋地问："拿中国来说，中国是个入世的社会。有人问孔子鬼神，孔子说人间的事情已经够我们忙的了，哪有时间去管鬼神的事情。"

琼斯看来在这方面做过不少思考，颇有兴致地回答："相对而言，世界其他两大文化，印度、中东文化更重视明天、后世，离开这个世界后在天堂的生活。"

方杰觉得这个不同文化的对比很有意思，想继续探讨文化不同的背后原因："可能是因为西方、中国接受了科学对世界的解释？"

琼斯仿佛在这个问题上也做了很多研究思考，说："这是一个方面，另一个方面是历史；历史上我们两个文化，本来比较入世。"

方杰还没有出过国，考察西方和其他地区的社会文化。他只是凭阅读以及和其他人的讨论，得出中国和西方文化都相对入世的观点。琼斯从他的接触广泛的来自伦敦的学者的角度，涵盖全球各地对世界四大文化的比较，确认了方杰的这个印象。

讨论了世界文化后，香港研究生谭力提了西方思想界另外一个大问题——人类的语言。方杰和谭力在和两位教授面会前，定下了两个讨论的题目。一个是偏向人和文化方面，也就是方杰提出的世界几大文化不同的问题；另一个是偏向科学逻辑方面，他们想到了目前很热门的维特根斯坦的语言理论，谭力答应提一下这个问题。

谭力用带有香港口音但比方杰流利多的英语，小心翼翼地问他心中的权威人物伯顿教授："语言这个看上去很普通的交流工具，在维特根斯坦看来，其实很深奥。"

维特根斯坦是 20 世纪最重要的哲学家之一。他的思想经历了两个看似完全相反的阶段。首先是《逻辑哲学论》时期，他主张语言应当反映现实世界；随后是《哲学研究》时期，他强调语言的社会性和主观性。

伯顿尽管是语言哲学的国际权威，但没有大学者的架子。他循循善诱地说："维氏理论是个很有趣的学术现象。现代哲学的前沿，出现的两个相反的学派，都由维氏本人创造。更有趣的是，维氏没有系统的哲学训练，他本来是个机械工程师，后来去剑桥和罗素探讨数学。"

谭力跟着赞叹："维氏的生涯很神奇。"

伯顿告诉方杰和谭力，伯顿曾经是维氏的学生和同事。伯顿感叹说："维氏关于人类语言的想法更神奇：起初他认为语言是反映世界的镜子，后来又推翻这个说法，主张语言是人们约定俗成的游戏。"

谭力说："不过维氏理论也不是完全的创新。哲学史上关于科学知识是客观还是主观的早已有不同的论述。"看来谭力将维氏理论和哲学史上翻来覆去客观和主观的辩论联系起来。

伯顿赞许地说："是的。以前维也纳学派觉得科学是客观经验的，后来科恩发现科学要在学者共同体接受的范例内进行。"

与琼斯和伯顿教授的对话，让方杰觉得文化和语言，表面上看起来简单的名词，深入地分析一下，却有着嚼起来余味无穷的深奥道理。文化基本信念里的天堂和来世是否存在，人们说出来的话只是文字游戏吗？这两个问题，其实是唯物与唯心，主观和客观的问题。世界思想界争吵了千百年，看来再过千百年也不会有定论。

和琼斯、伯顿探讨聊天一个来钟头后，方杰和谭力感谢了两位教授，在附近安静的角落的沙发上坐下，继续交换心得，一直到大部分参加会议的人们不在了，才互相道别离开了会议厅。

9 月　中国社研院十二楼会议室

社研院是中国社会科学研究中心，方杰工作的研究所近一段时期每一两个星期会有世界名校来的专家来访问讲学。这天美国麻省理工学院的实证主义大家戴维斯教授来院演讲，地点在研究所的会议室。来听演讲的专业人员和研究生人数不少，三十多个人挤满了所里的小型会议室。

　　演讲会后，戴维斯教授去了北京市内的一个大学继续他的讲学，一些同事和戴维斯教授交流以后余味正浓，继续谈论起逻辑实证主义。三个不同高谈阔论的人群中，近年分配到所里的五六个研究生聚在讲台左边的角落，方杰、社科院研究生毕业的小冯和上海理工学院毕业的小武参与在其中。房间的中央坐着交谈的是研究所的领导和其他干部，后排再有一群中老年学者大声地交流着他们的看法。

　　小武平时是个沉默寡言的人，不过发起言来很新奇深刻：

　　"根据逻辑实证主义的观点，我不能肯定在我面前的老婆是实际存在。"

　　逻辑实证主义的主张是人们说出的现实里存在的东西，只能用逻辑和试验中的证据来证明。根据这个说法，小武不算口出狂言。

　　"你走火入魔了，居然怀疑你老婆的存在。等着回家老婆给你一顿痛揍吧，哈哈。"看来小冯同意小武的推理，但是他又觉得这样的结论又太不合人之常情了。

　　举办戴维斯教授讲学的研究室，是专门研究科学哲学的；逻辑实证这年头是他们的大话题之一。大学五年期间学习科学技术的时候，方杰一直以为在所有的知识领域中，科学工程是绝对可靠，因为这个行业依靠的是逻辑（主要是数学）和实证也就是实验（主要是物理）。进入社会科学领域读研究生和工作以后，方杰倒是很迷惑沮丧了；数学和物理原来也不是那么确定，很多前沿的大科学家已经证明了数学和物理的不完全可靠。

小武对他的想法看来是深思熟虑，继续说："仔细想想，我面前的老婆，其实是我的感官信息中的老婆。感官不是绝对的，比如视觉是我们的眼睛不停地拍照片，每秒 25 张地拍；没有拍照的时间里，我不能肯定老婆存在的状态。还有，我们的感官也会出错，甚至不工作。"

小冯说："逻辑上来讲，有一些道理。可是在现实生活中，正常人都会觉得这个疑问太荒谬了。反正我对我老婆的存在是深信不疑，特别是她站在我面前的时候。"

小武说："这个分析也反应了逻辑实证主义悖论。一方面，根据科学方法论，这种怀疑是有道理的；要说一个事物存在，我们需要每时每刻证明它确实存在。另一方面，说在你面前的老婆可能不存在，其实很可笑。再说现代物理学发现微粒子层面，我们也没法证明什么存在什么不存在。"小武尽管在理论分析上有些道理，看来他也很难怀疑站在面前的老婆的存在。

方杰注意到这个争论已经走到了尽头，向他们俩提出一个完全不同的看问题的角度："这就是为什么，西方后来流行一种完全不同的哲学-存在主义，着重于注视一个人周围世界的存在，排斥对事物本质的追问。"

一来一去，方杰他们三个人，沉浸在普通人看是鸡毛蒜皮毫无意义的辩论中。等方杰他们争辩得有气无力，仿佛从梦中清醒过来的时候，发现其他同事们都下班走了。方杰等三位对他们理论方面的执着自我嘲弄一番，离开单位各自坐公共汽车或地铁回家去。

在前往方杰的古城宿舍的地铁里，下午下班时间还没到，车厢里人不多很安静，方杰在车厢后面右边角落坐下，很快陷入深思中。读工程技术学士学位的时候，方杰觉得在科学技术领域里，好像什么事情都有个可靠的答案。坐火车从北京到上海，车的运行时间和地点，都是事先可以计划好的，平且火车到达目的地的时间，可以精准到以分钟为单位。

日常生活中，方杰觉得大部分事情都有一定的确定性。方杰小时候在离家五里路的公社高小上学，与同村的几个小朋友一起，早上去学校下午放学回家，日复一日不管是风吹雨打，大多数的日子里，这个过程一直没有改变。可是现在方杰来到科学思考的前沿，听着世界学术权威根据当代科学发展的成果做出哲学总结的时候，发现原来科学发现的根基，并不是以前想象的那样稳固，甚至可以说很不稳固。

上个月参加的英国剑桥训练班，剑桥的教授确认了维氏对人类知识由"游戏规则"来引导的不确定性的论述，今天的美国麻省理工教授更从科学实证的角度说明事物的不确定性。当代科学最前沿的量子理论，从物理世界最微小最基本的角度，论述到微观世界没有确定性，微观粒子的的存在和运行，只能用概率或者可能性的百分比来描述。站在一个男人面前的老婆，他并不能百分之百地保证老婆每时每刻的存在。多么让人迷惑和不安的哲学思考。

　　方杰是个性格柔和内心敏感的人，回想着今天的学术讨论，方杰对世界和人生有些迷茫和失落。在大学的时候，方杰已经接触了这些前沿的理论思考，不过今天的讨论对方杰的理论上的冲击大多了。想起前不久和莫婷分手，方杰觉得恋爱的男女关系是不可预测的，原来因为世界本身就不可预测。在不可预测的河流中摆渡，看来才是真实的人生。

第 5 章 孤独是人的一种生存条件

9 月 社研院十二楼会议室

十月的一天，一位澳大利亚大学教授来中国调查道家哲学里关于孤独经验的理论。方杰的英语功底在同事里相对好一些，研究所领导派方杰为这位叫做凯特的教授做翻译。

方杰以前当然听到看到孤独这个词，也经常感觉到孤独这种心情，可是没注意到孤独这种感情也可以从哲学角度来探讨。孤独会有什么样的哲学意义呢，方杰从同事里了解到凯特的研究课题，心里这样问自己。

方杰为凯特做翻译这个任务，包括组织安排研究院有关专家与凯特教授交谈。社研院在社会科学的主要领域有国家级权威学者。在道家道教专业方向，研究所领导向方杰推荐许明教授。许明是全国数一数二的道学专家，方杰庆幸能够当面聆听这位学界名人的谈话。

在研究院一楼的外事局接到凯特教授后，方杰带凯特到古代哲学研究室的小会议室见许明教授。凯特在白人男子里个子中等，比方杰高半个头；他看上去洒脱开朗，穿蓝白衬衫，深蓝西裤，左手挽着棕色风衣，右手提着黑色公文包。

凯特教授所在的威廉斯大学，坐落在澳大利亚西南海边。大学所在的威廉斯市风景秀丽，四季如春。搞哲学研究的凯特教授住在远离喧闹的偏僻海边，在享受海边开阔的自然风光的同时，有很多时间体验和思考孤独。凯特从大学起便开始对中国文化着迷，感觉中国古代思想很深奥，近年很想来中国学习中国古代思想怎么看待孤独。

方杰原来以为孤独只是一种感情，以前上哲学课也没有听说孤独这样话题。读了凯特的有关资料、再和凯特进行近一个小时的交谈后，方杰仍然觉得孤独是个哲学里很偏僻的话题。孤独首先是一种感情的、心理的现象，可是孤独确实也可以作为一个哲学课题来看。

孤独是不是人的生存的一种普遍的不可回避的实际存在的条件？孤独是否一定是负面的东西？如何解释有些人更喜欢适当的孤独，觉得孤独是一种高级的美好的境界呢？这天方杰脑海中充满有关孤独的问题。

在古代哲学研究室门口见到许明教授后，凯特教授带敬重的表情，紧紧地握住许明教授的双手。许明教授年事已高，他满头白发依然精神抖擞，和方杰一样在中国是中等个子。为迎接凯特的到来，平时衣着简朴的许明，特意穿上看上去崭新的白衬衫和黑长裤。寒暄一阵子后，他们三个人来到会议室的小圆桌旁坐下交谈。

两位教授互相介绍各自的研究领域后，许明仿佛有备而来，讲起他对孤独这个话题的想法："中国有两个人生态度，一个是入世，重视社会生活，一个是出世，回避社会，要回到自然。"

入世和出世这两个概念，在英文里没有相应的词语，方杰只好用简单的英语做出说明。方杰在笔记本上急速地打好草稿，勉强地用"in the world（在世界里）"和"out of the world（在世界外）这两个意译，向凯特解释许明的观点。

凯特对方杰说过他一直觉得中国思想很深奥，听到这两个新颖的人生观念，凯特连连点头，认真地在笔记本上写下，对许明和方杰说："fascinating concepts（神奇的概念）"。

凯特继续问："入世的哲学流派应该是由孔子孟子为代表，出世的那一派由老子庄子为代表吧。"

"你说的很对。中国人很有意思，他们很多在这两个哲学派别中间摇摆。想过好生活或者生活过得好了，他们信仰儒家，好好做官好好赚钱。如果不想玩命求生或生活不得志，他们求助于道家或者佛家。"可能是因为得到凯特教授的赞同，许明带颇有兴致的口气回答。

凯特说："这个很有意思。西方哲学里倒没有这个分界，从兴趣来讲有偏重自然世界和偏重人类社会两个种类。你说的道家和我研究的孤独理论，倒是很有关系。"

许明开始讲他对孤独概念的理解：

"因为道家崇尚回归自然，回避社会生活；一些实践道家思想的人，甚至住进深山老林，过起隐士的生活。中国的隐士，就是你研究中的回归自然，享受在大自然里的安静和孤独的人。"

仿佛是因为许明关于孤独的谈话涉及到更深层次，凯特迫不及待地问："说起中国的隐士，这个对我的孤独研究很有用。你能仔细讲讲吗？"

许明讲起了让方杰觉得新奇的一个观点："一般人的理解，隐士是孤独地生活在深山老林的人。其实中国文化把隐士分为大中小三个境界，生活在山里的只是小隐，最高境界的是生活在嘈杂的城市的大隐，所谓的'大隐隐于市'就是这个意思"。

听了许明这个"大隐隐于市"的说法，方杰觉得中国文化是博大精深啊，在书山学海里混了二十来年了，还是第一次听到。方杰翻译不出中文"大隐隐于市"的韵味，只好用日常英语"a highest class hermit lives in a busy city（最高等的隐士生活在繁忙的城市里）"。

"是啊，这个很有意思，所以崇尚孤独，更重要的是心理精神层面，而不光是物理环境。"看来凯特很欣赏这个深奥的东方思想，认真做了笔记。

社研院十二楼个人办公室

凯特和许明的交谈结束后，方杰把凯特送到研究院大门外。然后，他回到他的个人办公室，坐在椅子上，眺望窗外无边无际的大小楼房，思索起生活中的孤独。

从小到大，从大学到研究生到开始工作，方杰一直生活在家人或同学的陪伴中。研究生毕业分配到社研院后，方杰工作上一个星期只上半天班，下班后一般住在国外探亲同事的劲松区公寓里，方杰现在大部分时间是形单影只。

方杰刚到工作单位人生地不熟，一个人生活在北京这个特大都市，举目无亲，方杰经受前所未有的孤单。方杰小时候家境贫寒，受过很多苦，养成不贪图享受、对生活随遇而安的心态；可面对现在这样孤单状态，方杰也还是感觉到适应上的艰难。

屋漏偏逢连夜雨。这些日子深感孤单的方杰，偏在工作上需要探讨世界的不确定性和人生的孤独。在方杰多年觉得坚固可靠的数学和物理世界，剑桥的学术权威宣称人的语言和知识，是不坚实的只是一些"游戏规则"；麻省理工的大教授解释物理世界的运行随机不可靠。方杰想，如果世界没有宗教信念那样的坚固可靠的必然性，人生会不会变得更孤独呢？

今天方杰从许明教授那里听到的是，从千年古国中国历史来看，孤独不光是社会存在，也是一种可以变成正面意义的生活方式。山间隐士以远离社会远离尘世，以回归自然回归溪流林木为乐，其实将追求孤独看作一种可以珍惜可以欣赏的人的休假状态。

社研院十二楼图书室

十月的一个星期日，方杰为研究室的学术刊物赶写一篇文章，要到所图书室查找资料。图书管理员刘芳，本来定好下午和方杰参加院工会乐队的排练，事先答应顺便帮忙，星期日中午来图书室值班一两个小时。

作为院工会乐队的成员，方杰弹奏吉他也做伴唱，刘芳是乐队歌手，演唱民族和通俗歌曲。刘芳是夜校大专毕业生，多年前在五道口理工一资料室工作，方杰和刘芳因此以校友相称。

刘芳年近四十，常说她是个老女人。在方杰看来，刘芳像个三十出头的魅力少妇。她身材高挑，比方杰高出半个头；穿着时尚得体，像个端庄秀丽的模特。校友同事歌友的三层关系，几次共事交谈后发生的互相欣赏，他们认识不久便成相见恨晚的朋友。

占研究院大楼十二层三分之一的科学与社会研究所，空荡荡的只有方杰和刘芳两个人。宽大整洁的图书室在研究所的西边，周围遍布各个研究室的会议室、研究人员行政人员的办公室。图书室布满一人多高的灰色木制书架，靠近门口的书架摆放各类刊物，房间内里的书架藏有类目齐全的学术专著。

这天的刘芳，留漆黑的披肩长发，穿短袖浅蓝毛衣黑色长裤。贴身的衣裤，把她的曲线完美地展露出来。来到图书室看见站在书架旁的刘芳，方杰眼前一亮，心想刘芳这样打扮是为给他个好印象吧，谨慎地夸赞一句："你今天打扮得漂亮"。

得到方杰的赞许，刘芳满脸高兴，打趣说："不许多看。"

方杰放好深蓝色背包，坐在图书室的长桌旁翻阅刘芳找到的书刊。刘芳坐在图书室前门边的办公桌旁，继续整理书籍和各种资料，时而去书架区域帮方杰搜寻图书。因为研究所的办公区只有他们两人，他们一边工作一边愉快地交谈着。

方杰翻看资料，问刘芳："你当年是怎么分派到这里工作的？"

刘芳在一书架旁查书，说："我年轻的时候是印刷厂工人；党中央要对大学生进行工人阶级思想教育，我被派到五道口理工学院的工宣队，后来又给分配到这里来了。"

"对了，你以前说过，你在五理工工作过，我们是半个校友吧。我到现在为止还没认识过一个工宣队的成员呢；那时代工宣队是从五理工开始的，你们当年是大名鼎鼎。"

刘芳交给方杰两本书，惆怅地说："你可不知道，我们工宣队比校党委权力还大；我年纪轻轻，可是大学的重要人物。可惜后来时代变了，工宣队被踢出了大学校门。"

方杰逗乐起来："是有点遗憾。不过也是好事，让我们现在可以互相认识。"

方杰暗地里倾慕刘芳的高个子身材。方杰在南方家乡村子里身高中等偏上，来到北京这样的北方大都市只能算小个子。站立在刘芳旁边，方杰感觉自己矮了一大截，有种少了男子汉气派的自卑。意识到身高上的缺陷，方杰心里反而有对高个子女人的偏爱。

在门边办公桌旁坐下，刘芳对方杰谈起他们的劳动节期间，在研究院大食堂演出的事。刘芳这次要唱两首民族歌曲。

"你觉得我唱的歌会好听吗？"刘芳看上去不很自信，寻求方杰的肯定。

方杰口气诚恳地回答："你嗓子甜美，唱得又好，不用担心，会很成功。"

"也怕舞台上的形象，我毕竟不年轻了。"刘芳看来很在乎她的年纪。

"你不知道，女人在你这个年龄很有魅力；成熟自信，曲线更充实，反正我喜欢。"方杰意识到说得有点过了，可惜无法收回。

刘芳抓住这个机会挑逗方杰，小心低声地说："你小嘴真甜，想占便宜啊。"

高个子的刘芳对方杰讲过，她从小在同学朋友中显得鹤立鸡群惯了，倒不在乎和方杰这样的小个子交往。方杰比她年轻一大截，她没有兄弟，她巴不得有个弟弟呵护一下；方杰则慢慢成了她弟弟的角色。

方杰知道周围没有别人，开玩笑胆子也大了，压低声音说："想占便宜也占不了啊，你有家有小孩的。"

"去你的，还真想啊，没门！"听上去刘芳不想把玩笑开得太大。

刘芳接着问："我在舞台上看得不显老？"

方杰说："实话说，你这个年纪保养得很好，中年人的成熟，青年人的身材，应该满意了。用句名诗来形容你，稍微改动一下：夕阳无限好，还没近黄昏。"

刘芳开玩笑地说："哈哈，句子好像不通。不过你会夸人，我喜欢；我收你做弟弟吧。"

　　方杰高兴地接受刘芳的建议："好的，我们是结拜姐弟。"

　　下午两点，方杰和刘芳要去二楼的会议室参加工会乐队排练。他们发现周末来图书室查资料，是个很好的单独一起的机会，互相开玩笑地说以后有机会周末这里再见。

第 6 章　方杰他们去天安门广场观光

10 月 1 日　积水潭地铁站

对方杰这些刚毕业的大学生来说，摆在他们面前的不光是工作上的挑战，还有生活中找对象的紧迫。

那年代的工作单位是一个小家庭，同事们不光关注你工作上的顺利，也关注你婚姻大事上的进展。方杰上班刚一个多星期，研究室办公室主任老何便打探方杰有没有对象，要不要他帮忙介绍。再过一个多星期，刚工作两年的年轻女同事王慧也要帮方杰介绍对象。

方杰注意到，找对象的主要办法是亲戚朋友介绍。方杰当然高兴有同事想帮忙，爽快地答应老何和王慧的建议，告诉他们很愿意同事们帮忙。不过像大多数年轻人一样，方杰暗地里还是盼望能够自己认识个姑娘，浪漫地坠入爱河。不过方杰根本没有想象过，他会认识上一个漂亮的金发女郎。

国庆节到了，北京城云淡天高，风和日丽。方杰去五道口理工拜访老同学后，与住在不远处的大学同学杜浩，一同去天安门广场观光。方杰他们从五道口出发，坐 311 公共汽车来到新街口北大街的积水潭地铁站。

金灿灿的阳光下，地铁站旁边的街道里，车流不息行人匆匆。去地铁站的人行道上，两个打扮时尚的漂亮金发姑娘，走在方杰他们的前面。个子高点的丽萨是荷兰人，个子小点的名叫安娜，来自加拿大。丽萨和安娜是两个月前刚来北京学汉语的留学生。

杜浩不久要去美国读硕士学位，这些日子正下大功夫练习英语口语。在杜浩的鼓动下，方杰同意一起去找这两位洋姑娘练习说英语。找外国人说英语，杜浩做过多次是个熟练的老手；个子高点的他和她们打起招呼，很快与高个子的丽萨交谈起来。方杰从没有和一个外国女人攀谈过，战兢兢的他硬着头皮和安娜搭起话来。

很多年方杰读西方小说看好莱坞电影，在北京大街上见到外国游人，时常感觉到金发女人的诱惑力。在王府井西单闹市观看来来往往的女人，如果有个漂亮的金发女郎，方杰往往要多看几眼；欣赏她们姣好的面容，丰腴的体态。

随着与安娜见面搭话，方杰很快被安娜的倩丽和丰韵所吸引。比普通北京女孩高一些，有法英德三种血统的安娜，看上去更像一位法国姑娘。

安娜金发披肩，面庞轮廓分明，体型丰润雅致。小巧粉红体恤衫，乳白贴身裤，突显她凹凸有致的西洋姑娘身材。她深幽的眼神，透出法式美女的俏丽；高挺秀美的鼻梁下，是精巧诱人的双唇；稍稍翘起的嘴角，带着自信的微笑。

遇见美艳打扮时髦的安娜，单瘦文静穿得简朴土气的方杰，庆幸能和漂亮的外国姑娘说话，又强烈地感觉到在西方女人面前的不适应和缺乏自信。方杰拘谨地用英语说出几个问候，吞吞吐吐地问安娜会不会说汉语。还好安娜周游过很多国家，和不同文化的陌生人搭话经验多，她热情地微笑着，不慌不忙地用英语和汉语与方杰交谈起来。

"你学汉语 how long（多长时间）？"。方杰还没有镇定下来，一时不知道用汉语还是用英语提问。

安娜说："我以前在加拿大的大学里学了一点，最近开始在五道口语言学院学汉语。"

"嗯，我们是邻居。我上的是五道口理工学院，在你们学校旁边。我刚硕士研究生毕业，现在在政府研究部门工作。你在加拿大大学里选修了汉语课？"很明显方杰的自我介绍，是为了留给安娜一个好印象。

"没有，我在来自台湾的一个教授的家里学。"

"那学起来更容易，一对一地教课。"

"我很感谢他，学了汉语的基本知识。可惜的是，台湾的拼音和中国的拼音不一样，我来中国要重新学。"

"哦，我记得了，台湾用的是以前中国的老拼音，叫做注音。"

"对的，我们用的符号像日本文字。"

打招呼认识后，方杰一行四人边走边谈走向地铁站门口。

积水潭到前门的地铁

在地铁站服务台买了车票，方杰四人沿着长水泥阶梯，往下向地铁候车区走去。杜浩和丽萨走在前面，他们英语流利，很快谈起了在中国和西方国家生活的有趣对比。

方杰和安娜边走边聊一段时间后，心情开始放松下来，没有了刚认识时的尴尬。方杰平生第一次和一位金发女搭话，表面平静，内心却很是好奇和兴奋。安娜刚来中国不久，在她多年向往的神秘古国，认识到方杰这个温文尔雅侃侃而谈的年轻学者，感觉一下子和中国文化拉近了距离。

地铁车厢里，紧挨安娜坐着的方杰，边闲谈边情不自禁地欣赏安娜性感的身材。安娜薄薄的体恤衫下高耸的胸，紧身裤包裹的曲线丰满的腿，让方杰心动不已。

尽管安娜是个西方姑娘，方杰发觉要不停地和安娜聊下去，他需要主动一些不停地提出话题。方杰随便地问起：

"你在大学学什么专业？"

安娜说："我学的是政治学，文科学士学位毕业"。

安娜说话平和放松，让方杰还是有些紧张的内心平静了许多，他的话也多起来：

"这个很巧，我在市中心的中国研究院工作，搞科学技术理论。我办公室的楼上是政治学研究所，中国政治学研究的中心之一。如果你需要，我可以帮你了解一些我们的情况。"

安娜听到兴奋地说："那太好了，我以后要和你联系。"

安娜心想到这位标致文雅、学有所成的年轻学者，可能会是她了解中国政治学情况的一个引路人。

方杰赶紧回答："好的。我也向你学习英语。"

方杰没想到安娜会答应得这么干脆，心里乐开了花。方杰想：和安娜就是交个一般的朋友，也是我的好运气啊。

方杰没有时间思考背后的原因，他只觉得自己对安娜有问不完的问题、说不尽的话。而安娜看上去也挺喜欢与他交流。两人兴奋地练习对方的语言，时而词不达意地讨论各种艺术文化话题。

方杰问安娜为什么英语里人们见面时常提到天气，而安娜也对中国人的问候词"你吃了吗"感到好奇。因为他们都有弹吉他、画画的爱好，谈论起中国和西方音乐、绘画的共性和不同，他们各自有说不完的信息和看法。

方杰和安娜欢快地聊了半个多小时，感觉时间过得飞快；他们很快到达天安门南边的前门地铁站。在方杰的提醒下，安娜匆匆写下她大学宿舍楼的电话。安娜、丽萨与方杰、杜浩告别，一起走路去天安门广场；方杰和杜浩则在前门路边买小吃去。

和杜浩在天安门广场告别后，方杰坐地铁到建国门，再骑车由建国门南大街回劲松区公寓，在路上他有时间慢慢品味令他很兴奋的一天。方杰在脑海里不停地回放头一次注意到安娜的瞬间，他们在地铁里格外投机的交谈，他们约好以后继续互相学习语言交流文化学术。

像世界其他不发达的国家一样，近三四百年来中国一直比西方国家落后，中国人习惯带羡慕的有色眼镜仰望西方。西方小说电影里的爱情故事和展示得天仙般的金发碧眼翩翩女郎，从小在方杰的内心里激起无限遐想。方杰怎么也不会料想到，今天和一位漂亮的金发女大学生认识了。

方杰这可是平生第一次和一个外国女人交往。因为对西方人交友规则的不熟悉，也因为那时中国社会对外国人的戒备，方杰对安娜可以说是一见钟情，他却不敢往男女朋友这个方面想。如果安娜是个中国女孩，方杰会很有把握地觉得下一次和安娜见面应该是正式约会了。

10月　社研院十二楼办公室　同事开始帮我找对象

我在工作单位报到后没有多少天，同事们便开始张罗帮我找对象了。最热情的是管办公室事务的老何和前一年毕业分到研究室的研究生王慧。王慧长相贤淑，性格沉稳，来自一个知识分子家庭。她的父亲是工程师，母亲是中学老师。在我们研究室，今年只有我们两个是新来的员工。

这天下午四点下班的时候，在面朝长安街的办公室，只剩下我和年轻同事王慧。王慧前几天已经提到帮我找对象的事，看到没有别的同事在场，关心地问起我："找对象进行得怎么样？"

我已经习惯了同事们问起这个事，说："老何介绍了一位，是个印刷厂的年轻女工，老何熟人的女儿。"

王慧问："那你有兴趣吗？"

我失望地回答："看了照片，提不起兴趣啊。"

王慧带大姐的口气说："老弟，你不要要求太高吗。"

对我来说，老何给的照片里的女孩，看上去没气质也没文化，我确实看不上也提不起兴趣。可在我同事面前怎么能讲这样的大实话呢，只好绕着弯地回答王慧：

"老何也这样劝告了，我是外地人、农村来的，不能太挑剔。"

王慧同意又不同意地说："嗯，老何有一定的道理。不过别忘了你在国家机关工作，又是名校毕业。"

我说："老何说，我的学位和工作他都考虑了。要是我没有好工作，挺好的家庭的北京姑娘不会愿意嫁给一个农村来的外地人。"

王慧是个书生，仿佛没有想得这么多，惊奇地说："没想到介绍对象还有这么复杂啊。我以为两个人互相喜欢就行了。"

王慧要回她的个人办公室拿大衣，告诉我她马上回来继续我们的话题。

王慧离开后，我边收拾东西边思索，像王慧这样的女知识分子，找对象是比较重视人品和感情上的喜欢。可我与莫婷和其他大学生女性交往碰到不少钉子，也清楚地知道这只是表面现象。真正的要和你处对象了，女大学生对男人的外在要求常常更苛刻。

那个年代女大学生很少，有很多男人追求。她们受过高等教育，见多识广。很多女大学生往往不光要求男方门当户对，还要事业有成，长相像演员，身材像运动员，要求高多了。你王慧嫁给个在日本留学的博士生，不就是高要求的表现吗？不过也有一部分女的要求不那么苛刻，能碰上她们要靠男人们的运气了，我这样提醒自己。

不一会儿功夫，王慧回到办公室。我继续我们的话题：

"你帮忙牵线的那位同学呢？"

王慧看来也想说这件事，说："我已经和我的同学说了。我可以叫我同学定个周末和你见面。不要觉得人家是研究生又不感兴趣哈。"

王慧是硕士研究生毕业，很清楚有很多男人不想找教育程度过高的对象。

我倒不在乎找个高学位的女人，觉得她们更有深度和魅力，说：

"研究生就研究生吧，我试试看。谢谢你啰。"

王慧很高兴能够帮上自己的同学和新同事，说："那好。我同学在一杂志社上班，人挺好很沉稳。我告诉你见面的时间地点。祝你们好运。"

古城区社研院公寓楼

这个星期日傍晚，我和王慧介绍的女研究生在公园见面后，失望地坐地铁回到我的古城公寓。这时候同屋小冯正在公寓厨房里炒菜。

小冯已经结婚，他老婆住在他们的内蒙老家，还没有调动到北京来。小冯这天做鱼香肉丝和鸡蛋白菜汤；香喷喷的炒菜气味弥漫在公寓的过道里，我馋得要流口水。夸赞了小冯炒菜的香味后，我站在厨房的门口和小冯唠叨起来。

知道我今天去和那位女子见面，小冯边准备晚饭边问我：

"约会的事进行的怎么样？"

站在门边的我，一脸失望地说："我们在玉渊潭公园见面了。公园里气候景色都好，可惜我对这个女人没有感觉。"

小冯听到我的回答，好奇地问："怎么回事啊？你昨天还告诉我你挺激动。"

我说："是呀，我昨天满怀希望。她硕士研究生毕业，人也不难看。可我好像见到一个男人一样没有女人味的感觉。"

小冯微笑地问："你意思是她不够漂亮吧？其实有些女人不很漂亮也挺有魅力的。"

我说："她是长相平平，更不行的是她言行像个女干部，谈吐乏味。"

说到这里，我一阵心酸。从同事老何和王慧介绍的对象来看，在北京找对象这个市场上，我的估价很低的啊。介绍给我的女人都相貌一般，气质平平。

在北京我是个矮个子，老同学偶尔开玩笑说我这个子是半残废，这个现实挺残忍但是很有道理啊。现在的爱情市场上，对男人来说，个子的高矮和女孩的漂亮是第一重要，我这小个子只能配个相貌一般的女人，这是很合理的呀。

听到我说我见面的女人像个女干部，开朗喜欢逗乐的小冯禁不住笑起来："哈哈，女干部也有可爱的啊。你说的是那些电影里的机器人一样的女干部形象吗？那我也没有兴趣。"

小冯是北方人，有一米八的个子，长得也帅，在北京该是很多单身女人的梦中对象。我在想，如果有小冯的外貌条件，同事不会介绍这个干部样子的女人吧。

"你说的对，她是有点像机器人。很遗憾又失去一个找对象的机会。"我想笑可又笑不起来。

小冯安慰说："没关系。道路是曲折的前途是光明的。"

我想起自己的一个在北京市政府工作的研究生同学，两年内约见了二十多个女人；我这是第一次和别人介绍的对象见面，确实不算什么。

第 3 集 安娜 1990 年 · 北京

第 7 章 方杰走进语言学院的南大门

10 月　五道口语言学院

认识安娜后的的一个星期六晚上，方杰坐 311 公共汽车来到五道口语言学院拜访安娜。方杰在电话里给安娜的借口是找安娜练习英语口语，安娜回答说她也很愿意向方杰学习汉语和中国文化。

沿着校园马路来到配有保安的西大门。值班的年轻男保安打电话到安娜的宿舍楼，确认方杰是安娜的客人，才允许方杰进入校园宿舍区。经过大操场旁边的一片绿地，方杰沿着校园内马路，走到安娜的宿舍楼。

方杰爬完三层楼，从东到西又到南走到楼道尽头的 350 宿舍。宿舍里安娜和丽萨刚吃了晚饭洗完澡；她们俩披挂半湿金发，贴身的休闲服展现她们丰腴的体型。看见她们姣好的面容和前凸后翘的曲线，闻到她们洗澡后诱人的香味，方杰像喝醉酒一般地神魂颠倒。

大学期间很少进入女生宿舍的方杰，现在来到外国女生的宿舍，方杰兴奋之余又极为紧张。打完招呼后，丽萨找了个借口出去了；安娜性格大方又放松，短短几句话便让方杰慌乱的心情安定下来。

在方杰的眼里，安娜住的留学生宿舍的设计和大小和一般大学生宿舍完全一样。因为安娜的房间里只放置了两张床，和中国学生宿舍里的六个或八个床铺相比，安娜和丽萨的房间显得很宽敞。从房门看去，安娜的床在右边，靠近房门，丽萨的床在左边，靠近房门对面的窗户。

两张床的空间地带，是她们共同使用的长方形木制桌子。看来两位洋姑娘都喜欢大块颜色的床单，安娜的床单是中国风格的暗红丝绸，丽萨的床单是欧洲的红黄蓝花混合的布料。

方杰在窗户旁边的小椅子上坐下，从他的棕色背包里拿出一张卷好的花鸟画，神色激动又紧张地说：“为了感谢你当我的英语老师，送给你一张我画的中国画。”

安娜和方杰一起展开这张中国画，兴奋地说：“太好啦，你自己画的？水平很高，这只鸟画得逼真。”安娜也喜欢画画，很欣赏中国笔墨画。这一次可是她平生第一次收到作画人送的中国画。

看到安娜很喜欢这个礼物，方杰放心许多，开心地说：“是我画的，业余水平呀。用的是毛笔和墨水。”

“你们这样画画，我觉得很有意思。我也画写生画，用铅笔或钢笔。”安娜说。

方杰很高兴听到安娜也爱好绘画：

“真的吗？能不能看看你的作品？”

安娜带抱歉的表情，说：“很遗憾我的画都存在加拿大家里，没有带到中国来。”

“你这幅画用的是什么纸张？是不是英语里说的米饭纸呢？”安娜继续问。

方杰说：“中文叫宣纸。我们查查词典。”

方杰和安娜一起查安娜的汉英词典，方杰看到宣纸的英文翻译，觉得很有趣："哦，英文的意思是米饭纸。"

安娜听完方杰解释中国画的基本技法，说："那我很想试试画中国画。你能告诉我要准备怎么材料吗？"

方杰说："对初学的人很简单，米饭纸、毛笔、画画的墨水等。王府井有个很好的书画用品店，你哪天有时间我带你去看看。"

安娜开始喜欢方杰这个有才气的年轻学者，急切地问："可以下个星期日吗？"

方杰当然想继续和安娜来往，说："没问题；我们可以下午两点在王府井百货商场门口见面。"

相谈一个多小时，方杰和安娜仿佛成了意气相投的好朋友。离开语言学院，在街灯下的马路上，往公共汽车站走去的方杰，不敢相信自己刚刚结交了一位金发女子朋友。

刚刚过去的一切，对方杰来说仿佛是一场好梦。温暖的炽光灯下刚出浴的丰满热辣的安娜；和安娜面对面谈天的热烈的气氛；他们一同谈论中国绘画和音乐的强烈的共鸣。方杰感觉轻飘飘的，沉醉在好久没有的和一位女人一起享受尽情畅谈的时光。

王府井大街

依照电话里商量好的计划，十月的一个星期日，方杰和安娜在王府井大街百货大楼碰头，然后一起走路去大街北边的美术用品商店。在从百货大楼去美术用品商店的路上，方杰兴致勃勃地向安娜讲述起有关背景知识："大致介绍一下中国画和绘画材料。和西方油画相比，油画讲究写实，画出实际的人物和风景；你也注意到了，中国画更有象征性，描写一种意境。中国画的主要画派，甚至直接叫写意画。"

安娜最近对中国传统绘画的兴趣越来越大，激动地说：

"最近看了不少中国画，还真是有这个区别。山山水水，像自然风景，又更像一种梦境，更 poetic（有诗意）。"

"有趣的是，布料和油画颜料，适合做写实的油画；宣纸和画墨，因为它们的渗透作用，更适合写意画。"

为准备这次和安娜一起逛街的事，方杰最近翻阅一些有关国画的书籍，讲起国画显得有一定的知识积累。

"太有意思。那中国画除了纸和墨，还有其他哪些材料？"安娜问。

"和油画一样，我们也有画笔，就是毛笔。毛笔的学问很大，简单地说，和钢笔铅笔相比，它上下左右快慢轻重，和墨水宣纸相结合，能画出的形状和浓淡简直无止境，可以表现出丰富的景象和意境。"方杰说。

讲起油画，大学里方杰是个油画迷，十分欣赏油画里的欧洲美女，现在能认识个金发碧眼洋姑娘，简直像油画里美人一样，方杰觉得太有运气。

"看你说话的样子，你对中国画很入迷吧？你这个社科学者，对艺术也挺懂。"听方杰讲中国画讲得津津有味，安娜微笑大方地看方杰，感叹地说。

"是呀，这么丰富优美的艺术，怎么能不入迷啊。你对中国文化很有兴趣，估计已经入迷了一点吧？"方杰感觉找到了一位外国女知音，心里乐滋滋的。

这时方杰和安娜一起走进王府井美术用品商店，来到专门销售中国绘画用品的大房间。看到面前琳琅满目的中国书画用品，安娜感觉来到个小型博物馆，兴奋地对方杰说："太棒了。这是我第一次看到专门的中国绘画用品商店。"

方杰带安娜来到卖宣纸的柜台，向安娜介绍说："先看看宣纸，很粗糙的样子，却能画出美丽的风景人物。"

"在加拿大一个中国同学那里试过，用墨水画上颜色，会在宣纸上慢慢地渗透出去，效果很美妙。"安娜说。

方杰和安娜继续走到销售毛笔的柜台。方杰刚看了中国绘画方面的书，现买现卖地讲起毛笔来：

"看看毛笔吧，它们大小种类太多了，有羊毫做的，有狼毫做的。"

安娜问："羊毫和狼毫区别应该是软和硬的区别吧？"

方杰说："大致是这样，用它们画出来的笔迹感觉也不一样。"

向方杰问了一些中国画具的基本知识后，安娜开始和一个女服务员对谈起来。方杰一边做翻译一边欣赏现在发生的一切。和一个他喜欢的女人一起逛街，上一次是半年前和莫婷谈恋爱的时候，方杰觉得已经是很遥远的事了。

多少个日子了，缺少异性的爱的方杰很需要一个女人的温情和陪伴；多少年了，方杰对女人的渴望和想象大部分时间只是白日做梦。

现在和安娜在一起，方杰仿佛在梦幻中，轻飘飘地走在云端上。方杰知道安娜喜欢绘画，可没有想到安娜如此地喜欢，他们在一起逛商店观赏购买绘画工具、在一起共度互相了解促进友情的好时光。

他们一起谈绘画的时候，安娜对中国画、方杰对西方画都只有些浅显的了解，但这不能消弱他们对绘画话题的热爱，不能消弱他们谈论起绘画来的兴奋热情。

逛完美术用品商店后，他们走在王府井的街道上。这时方杰心想，安娜愿意和他一起逛美术店，可能也会愿意和他在王府井逛街，甚至在哪个地方一起吃顿饭吧。

犹豫紧张了许久，方杰问安娜："我想请你到我家里吃饭，你有兴趣吗？"

听到方杰邀请去他家吃饭，安娜低头沉默走路一会儿，仿佛在琢磨方杰的用意，或者在犹豫。方杰想安娜可能觉得这位看起来小心谨慎的中国学者，交起女性朋友来速度够快。不过方杰听说西方国家里，一男一女在一起吃饭不一定是约会。

"嗯，让我想想。我刚刚认识你，要不以后再说吧？"安娜说。

"我完全理解你的 concern（顾虑）。你今天来不来，或者考虑一下以后来，我都理解，你不会得罪我。”

他们在大街上往前走了一段，安娜对方杰说：

“那好，我相信你不是个坏人。我破例答应你的邀请。”

方杰理解安娜的担心，又觉得安娜的话好笑，他怎么会是个坏人呢。激动坏了的方杰，半开玩笑地说：

“用中国人常用的话来说，我向毛主席保证我不是坏人，是个完全的好人。”

方杰说完用英语解释了一下中国人这样说话的意思。

安娜觉得这个说法很新很好玩，笑道：

“哈哈，那我暂时相信你是个好人。”

第 8 章 我们天黑时来到宿舍大院的门口

10 月　东城区街道

我这时候的家是个临时的住处，是一个资深同事在劲松区的公寓。这位同事去了日本当访问学者一年，委托我看管他的房子。我自己的房子在石景山区，我和两位男同事同住一套三个卧室的公寓。尽管我并不是很有把握，但事先考虑过邀请安娜来我家做客，并做了一些初步的准备工作。我对公寓进行了简单的整理，还在菜市场购买了猪肉和蔬菜。

我那天没有骑单车到王府井，坐公共汽车回公寓要拐很大的弯。我告诉安娜，去我的公寓我们要走一个多小时的路。我想：走路一个多小时，是一个很好的和安娜聊天的机会。听到安娜说，她更喜欢走路去，我暗自欢喜。

有一个小时的聊天时间，我们要聊什么呢？我不敢向和安娜谈恋爱这个方向想，但觉得这是一个初始的男女约会。不管将来的结局如何，我要珍惜和安娜单独在一起的机会，包括这一个小时走路交谈的时间。想了这些，我试探地问安娜：

"我这是第一次和一个西方人交朋友。我对你们西方人的生活挺好奇，有很多问题要问。你不在乎吧？"

"我当然不在乎。我刚来中国，你也是我第一个能深入聊天的中国朋友，我也有很多问题要问。"我注意到安娜这人没什么心计，没有像我那样想得那么多。她对我说她和我交谈很开心，当然不在乎把西方人的生活介绍给我。

"第一个问题，估计也是中国人最感兴趣的一个问题：加拿大每家人都有栋房子，有汽车吗？这对中国人来说不可想象，特别是对住在城市里的中国人来说。"我问。

"这个差别我也看到了。在加拿大，一个普通的家庭，只要父母一个人有工作，一般都过得挺好，能够买得起房子和汽车。不过在大城市的城区因为独立房太贵，也有很多人住公寓。汽车在加拿大更普及，只要你愿意开车，一般都能买得起车；买不起新的，可以买便宜的二手车。"

"那你们那边有汽车，和我们这边有自行车一样。中国的年轻男人结婚要具备三大件，现在是冰箱彩电洗衣机，十年前是手表自行车缝纫机。我记得以前我做木匠哥哥要买自行车，是件大事。看来中国将来像加拿大一样发达了，估计三大件会变成房子汽车加上别的。"

我寻思加拿大生活水平是高很多，难怪政府要改革开放向西方国家学习。我在北京有个好工作只住八平方米的房间，买汽车是绝对不可能。在中国只有高级干部或者少数有钱人才有汽车。

安娜评论道："很有意思。不过加拿大人男女要结婚，没有需要几大件这个概念，倒是女方的父母掏钱办婚礼。"安娜继续说，不同国家的结婚风俗很不一样。

我感叹道："是真的吗？这个世界也太有趣。我也听说在印度是女人的家庭准备嫁妆。"

　　我暗自琢磨，我要是找到安娜这样的外国老婆，不用担心买不起冰箱彩电，安娜家还要倒贴，那会太值得。莫婷离开我的原因之一，是她母亲觉得我买不起冰箱彩电。

　　安娜接着说："不过和印度的风俗相比，加拿大女子的父母要轻松很多，只是管一顿酒席，不用担心几大件购置嫁妆。另外很多男女朋友只是生活在一起，根本不结婚，办酒席陪嫁妆的问题都没有了。"

　　与我继续男女结婚风俗的讨论，安娜对我说了她的观察；她觉得中国男方的家庭和印度的女方家庭，准备嫁妆的负担太重。相对而言，加拿大男女双方的家庭，都没有准备几大件、准备巨额嫁妆的必要。

　　"好了，我再问第二个问题，"我继续说，"这是个敏感的话题，也是中国人现在最感兴趣的话题之一，如果你不喜欢可以不回答。在中国我们听到很多西方艾滋病的传染，你们来中国要不要通过检测呢。"

　　提出这个问题以后，我感觉有些不适当。因为我和安娜的对话主要是用英语，我对英语词汇的敏感性不强，又感觉安娜这样西方人很开放不会在乎。潜意识地，我幻想我们说不定处上男女朋友呢，提前问一下这个事为以后正式约会做个准备。

　　"还以为你是个害羞的年轻学者呢，和一个外国姑娘谈这个话题，hahaha（哈哈哈）。"安娜说。

　　安娜继续说："中国人这方面还不开放，很多人觉得外国人都有艾滋病，对不对？其实情况不像你们想象的那样可怕，像其他传染病一样，可以小心防备。是的，我来中国以前，应中国政府的要求，做了艾滋病测试。"

我本来以为安娜会犹豫，不愿意回答这个问题。听到安娜大方细致地为我解释，我心里的一块石头终于落了地。我继续问："不好意思提起这个，只是我们中国人听到太多了太好奇。艾滋病是怎么传播的呢？"

安娜说："简单地说，艾滋病通过人的体液传播，现在还没有治愈的办法。"

和安娜一起继续走路，我为我提出艾滋病这个尴尬的话题自责起来。有意无意地，我又觉得两个人开始相处得很好，甚至能谈论深入和敏感的话题，说不定有交男女朋友的希望呢。我知道这个时代和一个外国女人谈恋爱，是不可想象的事。在同事在朋友圈子里引起的注意，闹得不好影响我的名声，甚至我的工作生涯。

劲松区社研院公寓楼

我工作单位的宿舍大院很快要到了，我心里开始紧张起来。我对安娜说，为了不让大院里的人注意到她这个外国人，我们在附近多走一些路，等到天黑时间才到达大院的门口。我接着对安娜说："像你的大学一样，我的宿舍区的前门有保安。为了小心，你可以遮住你的头部吗？这样保安不会注意到我有个老外客人，提问题做特别登记。"

安娜理解地说："在中国，很多学校工作单位都有保安，我已经习惯了。刚好我背包里有头巾，我会带上。"说完安娜把她的丝绸长头巾带上。

我认真地审查一遍安娜的头巾，说："很好看，还是中国特色的头巾，他们不会注意你。"

安娜听到我的赞许很开心，笑着说："这么麻烦，你要做好菜招待我。"

我说："有加拿大贵宾朋友造访，肯定要好好招待。我已经做好了你来访的准备，买了足够的菜。"

"那我如果不来呢，你一个人吃不完吧。"

"那我会明天打包送到你的大学。"我笑着说。

从沙土的小马路走到大院门附近的时候，我告诉安娜保安房在左边，电动铁栅栏大门在右边，和她在语言学院的宿舍区大门很像。这时候铁栅栏大门完全开着，有几个居民进出。和安娜的留学生宿舍区门口不同，这里的保安不检查进出大门的人流。昏暗的路灯光中，我在左安娜在右故作镇定地走过铁栅栏大门。

通过大门之后，我轻声地对安娜说，我太庆幸没有人注意她这个外国人。再走路几分钟，我和安娜来到我住的宿舍楼的电梯旁，我暗暗庆幸刚好这时候没有别人要乘电梯。

电梯左边里角的高脚椅子上，坐着操作电梯的年轻女孩。电梯女孩漂亮苗条，我知道她是研究院某员工的女儿。我平时进出电梯的时候，偶尔和她聊过几句。我对电梯女孩打招呼，安娜微笑一下没敢说话。

电梯女孩特别注视了一下我身旁的安娜，但装着没事似的。我猜想她在电梯里吃惊地看到个外国女人，心里嘀咕这方杰有个外国女友来拜访啊。乘坐电梯到十五层楼后，我和安娜小心翼翼地走出电梯，来到我住的房间。

从大院门口走到我的住处，整个过程够让我心惊胆战。我吓出一身冷汗，对安娜说："老天爷啊，还好没有人审查你。"

安娜看上去还心有余悸，轻声地说："我戴头巾藏得不错，这次可把我吓坏了。"

我在保密方面思考过很多，说："穿中国人的大衣，带上头巾，进大门的时候不会引起人的注意。不过坐电梯这一关不好过。今天电梯里没有研究院的同事，我们很幸运。可是那个电梯操作员女孩看到你。"

安娜带着担心的口气说："那她看到我的脸，认出我是外国人，对你没事吧？"

我也不清楚那个女孩会不会向大院保安汇报，说："这个大院会不会偶尔有外国人来做客，研究院有没有这方面的政策，我还真不知道。"

作为得到中国政府欢迎重视的西方国家留学生，安娜倒不为她自己担心，说："我倒不怕什么，知道保安不会找我什么麻烦；我是希望不给你添麻烦。"

我大致地知道中国现在改革开放了，社研院又是很自由开放的国家单位，也不是很担心，说："我估计不会有什么大问题。"

我们吃完晚饭后，我依照我事先想好的安排，考虑安娜在音乐方面的兴趣，建议我们展示各自的音乐爱好。我告诉安娜我最擅长也最喜欢的音乐爱好是吹中国竹笛。安娜以前周游亚洲，体验中国文化的时候，便深深喜欢上了中国竹笛音乐。

我的第一个节目，是吹奏江南民族风味的笛子曲《姑苏行》。我向安娜解释说，这是中国的国粹，最民间最优美的器乐；它不仅有苏杭一带江南音乐的风味，还表达了当地温和柔美风光和轻快幸福的民众生活。

这首笛曲对业余水准的我有一定的难度，我特意用稍慢的节拍吹奏起曲子的主要部分。房间里灯光柔和，窗外大都市夜光闪烁，我们沉浸在的竹笛发出的悠扬声音中。

听惯了西方古典和摇滚音乐的安娜，近两三年开始对中国民族音乐有很大的兴趣。我专门为她演奏优美的中国笛子曲，安娜激动地说："吹得太好了。我喜欢中国民族音乐，近期开始收集中国古曲，听得上瘾了。"

我喜欢上这位金发女郎，会做任何让她开心的事。听到安娜这样欣赏我的笛子音乐，我高兴得简直要跳起来："我也喜欢古曲，有一种遥远到几千年以前的感觉。我试试吹一首。"说完我吹了中国古曲《阳光三叠》。

安娜听完这悠扬惆怅的古曲，情不自禁地鼓掌起来：

"好听，好像我的收集的音乐磁带里有这首歌。"

"你说了你以前弹吉他，应该表演一首。"我拿过我简陋的木吉他，问起安娜。

"我好久没有弹吉他，你先表演一首。"安娜有些犹豫，答道。

"笛子我吹了多年，熟练些。吉他是大学里自己学的，也没有花功夫练，不要笑我啊。"我弹起古典吉他曲《爱的罗曼斯》。

"好听，你会很多乐器吧。"安娜记得上一次见面时，我自豪地说过自己会几种乐器。

"我是什么都会，什么都不专业。我还会口琴，小时候一个同学给我一把二胡，我也会拉一点二胡。"

"哦，我很喜欢二胡音乐。二胡有点像西方的小提琴，不过音色很不一样。"安娜评论道。

我半开玩笑地说："看来你很喜欢古旧的东西，很多外国朋友都是这样。"

安娜微笑地说："因为很不同嘛，古旧的东西对我们有新鲜感。"

我很想听安娜弹吉他，问："你表演一个吉他节目？"

安娜说："吉他我忘得差不多，我玩一玩吧。这首歌我在我二哥的婚礼上表演过。"

安娜弹吉他的同时用小声优雅的英语演唱，我很快沉醉在安娜的音乐里。安娜的弹唱展示得音乐技巧又标准又有韵味，我边欣赏边羡慕不已。

听完安娜的弹唱，我很佩服地问："你二哥的婚礼上，那场面很大，你很厉害啊。我还没有勇气在这样的场面表演吉他。"

安娜说："我上高中时母亲要给我买把吉他，条件是我在二哥婚礼上表演一首歌。我答应了。"

"这首歌的名字是什么？"

"歌名是 Wonderful Tonight（今晚好极了），是一首有名的爱情歌曲，特适合吉他弹唱。"

"那你以前肯定学过吉他吧。"

"我五六岁的时候，跟一个老师先学了点钢琴，后来跟她也学了吉他；不过我没有认真学，没有坚持下来。"

我心想：安娜小时有吉他老师，比我这个无师自通的吉他手水平是高不少。还以为我有些音乐才华呢，安娜才算有音乐才华吧。

我们交谈了许久，不知不觉间已经是晚上八点多了。这时，安娜看了一下手表，说她还得赶地铁、再赶公共汽车回到语言学院。我是第一次请安娜吃饭，不敢问安娜要不要在我的公寓里过夜。我告诉安娜，我骑车送她到建国门地铁站。

在地铁站送走安娜后，我在灰暗的路灯光中骑车回劲松公寓。我还不敢承认我和安娜有什么关系，觉得安娜是加拿大人，她会认为今天的晚餐只是普通朋友间的拜访。可是我理性地分析起来，又感觉这明明是一个开心的约会嘛。

一男一女单独在一个公寓里度过三四个小时的快乐时间，这不是约会是什么呢？还有我们一起说好，两个人都玩得很开心，安娜会再来拜访。

我好久没有与女人约会了，这次约上的女人还是个外国女郎；一天兴奋忙碌下来，我到现在才有时间回味一下今天发生的一切。我正处在有了工作要集中精力找对象的年龄，能找个我喜欢的女人约会是极大的好事，我当然很兴奋。

不过我这时候仔细思想起来，我可是在和一个西方女子约会啊，这事情在很久前是很危险的，是社会上的禁忌。不过我也知道，现在中国改革开放了，中国人和外国人打交道的机会多起来，偶尔在新闻里也看到影星歌星和外国人约会结婚的消息。

我骑车到离劲松区不远的广渠门桥的时候，一对看上去很快活的年轻情侣迎面走来。为了安全我让自己骑车的速度慢下来。等这对不太注意过往行人的小年青先过去后，我加快速度，继续思想和安娜相会的事。

在普通人的圈子里，和外国人约会还是很少的事，我担心如果同事知道了这事，会不会影响我的声誉，甚至影响我的工作。

我感觉我喜欢上安娜了，要停止交往是很难的事。如果要将继续和安娜交往，那最重要的事情是保密了。我觉得下次再和安娜见面，一定要和安娜好好说说这个，好好地保密。

第 9 章　方杰天快黑时到地铁站接安娜

11 月　东城区建国门地铁站

上两个星期的周末方杰请安娜在他家吃饭后，方杰发觉他喜欢上安娜了，安娜也喜欢和他在一起。方杰有与莫婷谈恋爱的经验，对男女间的互相好感有大致的判断能力。方杰觉得他和安娜已经开始某种意义上的恋爱。如果安娜是个中国女人，对方杰来说他们在谈恋爱是确定无疑。方杰请一个本来不认识的女人单独在他的公寓吃喝玩乐到深夜，对中国人来讲这不是谈恋爱是什么呢。

然而安娜不是个中国女人，却是个让方杰难于判定的西方女人。那个年代的中国，来到中国的外国人寥寥无几，安娜是方杰平生认识的第一个西方女人。以前方杰对西方女人的了解，只是从小说电影和其他媒体里得到。因为还不太认识安娜，方杰猜想安娜对谈恋爱的理解和中国人的理解会很不一样。

不管是不是恋爱，不管上次他们在他的公寓吃饭聊天是不是约会，方杰很清楚他们很喜欢在一起、喜欢各自的陪伴。和莫婷惨淡分手后，方杰一直感觉形单影只，感觉太需要异性的陪伴了；和安娜的来往是方杰一个求之不得的事情。左思右想好几天，方杰决定要花些心思追安娜。不管结果是怎样，方杰追安娜是追定了。

像上次联系安娜一样，那个星期二同事们都下班回家以后，方杰一个人在杂志社办公室给安娜打电话。当时在北京要打个电话，和现在相比是件很麻烦的事。方杰一般是星期二到建国门的办公室上班，要等到同事们都下班回家后才能在办公室打私人电话。在安娜的语言学院里，外国留学生们也只能在宿舍楼的收发室打电话。除了有钱人或高级干部，普通民众的家里没有私人电话。

方杰在办公室和安娜通上了电话。在电话里他们商量下星期周末在方杰的公寓吃饭。方杰对安娜说要做一个更丰盛的晚餐，向她演示中国家常菜的烹调技术。有上一次在方杰家赴宴的快乐经历，安娜这次很爽快地接受了方杰的邀请。

安娜来方杰家做客的星期六晚上到了。沿着上次一样的路线，安娜搭公共汽车到积水潭，再坐地铁到建国门。方杰骑他的旧单车来建国门地铁站接安娜。朦胧的街灯光下，方杰在地铁站出口接到安娜。这时北京已经进入天寒地冻季节，地铁站外已经冷风嗖嗖；人行道上没什么人，公路上有零星来往车辆。

有上次请安娜到方杰家吃饭的经验，方杰有意安排天快黑的时候到建国门地铁站接安娜，这样他们回到方杰的宿舍大院的时候，守卫大门的保卫不会注意他们。

面对刚刚来到的寒冷天气，方杰和安娜如临大敌，穿上大雪天也能保暖的厚冬衣。方杰穿休闲式蓝色羽绒衣，戴白色有蓝条子的围巾，试图给安娜一个文雅干练的青年学者的印象。

　　和上次来访一样，安娜穿草绿色解放军大衣。白色围脖，黑色带红绿图案的披肩头巾，和军大衣一起形成的清新有特色的装扮，衬托安娜雪白俏丽的脸。街灯下方杰快速地欣赏安娜，心里赞叹这位金发女简洁超俗的衣着搭配。

　　方杰领安娜走到地铁站小公园旁边的自行车停车处，对安娜说他要骑自行车带安娜回他住的劲松区公寓。安娜在北京街道上见过男人用自行车带女人，觉得新奇好玩。安娜注意到不管在中国还是在西方，一对男女能够这样亲密地在一起，一定是有情侣关系。

　　安娜心想她和方杰至少是好朋友了，在一起至少像一对约会的男女，让方杰骑车带她没有必要觉得不好意思。方杰还告诉安娜做好和上次相似的走路准备，这一次从方杰工作的建国门到居住的劲松区有四公里多，走路要一个来小时，较慢地骑车要半个多小时。

　　地铁站南边的人行道前一段比较狭窄，路上有不少行人，方杰不便骑车带安娜，他们先走一段路。方杰双手推单车走在人行道中间，和安娜说话的同时，也注意前方过来的行人。安娜在方杰的右边行走，时而看向她左边的方杰。

　　方杰和安娜来到南边不远的古观象台。观象台的外周看上去像八达岭长城的石墙，有两层楼高、威严古朴。喜欢中国古代建筑的安娜十分好奇，问方杰古观象台里面有什么、以后能不能去看看。方杰告诉安娜这是个明朝开始的国家天文台，有些大型铜质古代天文仪器，是北京的一个旅游景点，提议以后可以陪安娜去买票参观。

建国门南大街

因为两个星期没有见面，方杰和安娜走路时话题丰富多样。方杰和安娜谈起各自的生活情况，谈论寒冷冬天的到来。方杰询问安娜在中国生活习惯不，安娜讲叙她和来自欧美同学们一起出去逛街聚会。说到安娜大学的食堂的伙食的时候，安娜说她特别喜欢食堂的师傅做的小炒。

"小炒比一般的菜要贵，可是好吃多了。"安娜说。

方杰和安娜已经在一起走路说话十多分钟，他们两个人的心情放松起来。说起她对小炒的喜好，安娜的语气活泼兴奋。

"小炒当然比食堂大锅菜好吃。"方杰说。

方杰很久没有享受过食堂里的小炒，也没有听到周围的同事朋友提起小炒这个话题。方杰听到安娜说她在食堂吃小炒，很是羡慕。

安娜看方杰一眼，说："大锅菜?这个名字有意思，我第一次听说。"

"从字面来讲，是大锅里做的菜，一般没有小锅里炒的菜好吃。可一般人不敢多吃小炒，太贵了。你经常吃小炒？"

安娜说："我经常吃，不过不是每天吃。我知道小炒对我的中国同学很贵，不过对我不算贵。"

方杰说："对呀，中国食堂的菜，对你们西方学生是不怎么贵。"

方杰和安娜还不是很熟识，不敢细问钱上的事。方杰大致地知道，拿普通人的收入来比，加拿大人比中国人富裕多了。

方杰想他在北京十来年了，在食堂里吃小炒，像上街下饭馆一样，是偶尔款待一下自己的事。周围的同学和同事，也不经常吃小炒的。安娜这样的西方来的穷学生，在中国过得像富人一样啊。

安娜继续说："小炒对我来说是件新鲜事。以前在加拿大我没有听说过。"

方杰知道他的生活水平比不了安娜的，倒没有心态上的不自在，附和安娜说："我好久没有听到小炒这个词了。我在五道口理工学院上学八年，吃的大都是大锅菜。一个大学食堂为成百上千的学生服务，一般不提供小炒。有小炒的食堂也只是为少数有钱的学生服务，或为一般同学偶然改善伙食。"

"很有意思。其实我也是个穷学生，我生活靠的是在加拿大根本活不下去的少量奖学金。我这个收入水平，在加拿大也是不敢吃小炒、下饭馆的。可我在中国，却变成了你说的有钱人。"

安娜说她也是个穷学生，口气坦白直率。她说的也对，和加拿大人的生活标准来比，她确实是个穷学生。

他们走到人行小道和一条小公路的交叉口，安娜紧张地看过往车辆，提醒方杰小心。他们安全通过交叉口后，方杰继续小炒这个话题："我给你讲讲我高中的时候吃小炒的经历。"

听出方杰饶有兴味的口气，安娜好奇地问："你说吧，你有什么故事要讲。"

"那时候中国的生活水平比现在差很多，一般人没钱去下饭馆或者吃小炒，别说中学生了。我们中学生们都是在学校食堂里吃大锅饭。"

"那你怎么会吃上小炒呢？"

"这个我要对你 show off（显摆）一下，"方杰开玩笑地说，"上高中的时候，我的学习成绩一直是高中全年级第一名，生活上得到学校的特殊照顾。"

安娜问："怎么还有生活上的特殊照顾呢？"

安娜在加拿大上中学的时候，学生们和学校老师的关系，有些像一个市场上的商店和顾客的关系，没有见过学校和老师给学生生活上的照顾。

方杰说："对中学老师和学校的领导来讲，我们的学生考上好大学不仅给学校带来荣誉，也会给他们带来实际利益，如加工资或得到提升等等。"

方杰低头寻思了一下，继续说："中学的领导们不光关心每个学生的学习成绩，更关心班级里 top students（高材生）的学习成绩；因为我们能考上有名的大学，为我们的学校，甚至整个县带来荣誉"。方杰本来要用"争光"这个词，因为安娜初学汉语，方杰用"带来荣誉"这个词。

安娜说："这个情况和我在加拿大的中学不同。我们的老师们也在乎学生们的成绩，在乎上好大学的学生为学校带来的荣誉，但没有像在中国这样重视。"

"好，long story short（长话短说）。我当时可是我们年级里的尖子，考试总成绩一直是第一名，是上中国最好的大学的 candidate（候选人），校领导和老师很重视我的。有一段时间我得了重病，我的班主任老师很关心我，为了我尽快恢复身体，带我去老师食堂吃免费小炒。"方杰带着自豪的口气讲述，心里是为给他在追求中的安娜留个好印象。

在加拿大长大的安娜，向来把排名看得很淡，可又佩服那些聪明能干的人。听到方杰对他的成就毫无掩饰地表达自豪，安娜顿时觉得可爱又佩服。安娜微笑地看了方杰一眼，赞赏地说："难怪你上好大学找到好工作，原来你小时候就是个 top student（高材生）。"

第 10 章 方杰请安娜教他跳舞

11 月 广渠门桥建筑工地

其后的一段人行道宽敞很多，方杰和安娜骑自行车前行十多分钟。这时候他们来到广渠门桥北边一片的建筑工地。平时骑车经过工地的时候，方杰注意到朝阳区政府在这里开发一个新的商业区。这个工地近期停工了几个星期，四处散布闲置的建筑机械。怕不适应临时修建的工地土石路上骑车，方杰扶自行车和安娜一起走路一段时间。

这时已经是夜晚了，四周没有路灯楼房灯光的地方漆黑一片。有了夜色的掩护，偶尔路过的人已经不会注意到安娜是个外国人，方杰心里放松了许多。想起单独和一个外国女人在一起可能引起的误会，方杰觉得应该和安娜强调一下暂时秘密交往的重要。

方杰介绍了一下这个商业区工地的情况后，若有其事地对安娜用英语说：

"有件事我想和你商量一下。你知道一个中国男人和一个外国女人交朋友，尤其是像我这样和一个外国女人单独在一起，在中国一般会引起不善意的猜疑。我们这样单独交往，暂时只能秘密进行。"

方杰已经学了十多年英语，尽管他的英语口语不流利，和安娜要谈论复杂的事情，他发现用英语表达要容易很多。

安娜对中国的这方面情况已经很了解，说："我当然知道。我来中国前读了很多关于中国的资料，现在我已经在中国生活四个月了"。

"那好。我今天教你一句很有名的俗语，用来表述我们需要做到保密的事。你要不要学？"

"当然要学。我特别喜欢学习中文里的成语。"

方杰解释道："俗语和成语在中文里有些不同，不像在英语里你们只用一个词来表达。"

"理解了。你说吧。"

"那好。我慢慢地念，你跟着我说。天知地知，你知我知。"方杰念完还用英文解释了一下。

"天知地知，你知我知。天知地知，你知我知。"安娜重复说了多次，很高兴从方杰那里学到这个有趣的中国俗语。

方杰告诉安娜，他教安娜这个俗语的目的是为了强调他们交往的事情要完全保密，为了守住这个秘密，他们要各个方面极为小心。尽管安娜觉得这种做法对加拿大人来说很不平常，她理解方杰的处境，告诉他请放心，她一定会小心并遵循他的保密建议。

适应了夜间的土石小路，方杰又骑车带安娜在橙色的路灯光下，颠颠簸簸地前行。夜色下路面的可见度几乎没有，方杰一时没掌握好单车，两人连人带车一起摔倒在工地上。他们尴尬地从地上爬起来，方杰羞愧地连连向安娜道歉。忙乱中他们发现一个全副武装的士兵正朝着他们走来。方杰此前上下班路过这个工地的时候，注意到这个地区有两三个武警士兵看守。

在公路上骑自行车带外国女人，方杰只敢在夜间没有人注意的时候做。方杰知道在夜间骑车带安娜也不是万无一失，害怕有别人看到他们，害怕警察注意到他们。

和方杰讨论"天知地知，你知我知"后，安娜和方杰一样担心有别人看到他们。方杰从来没有和警察打过交道，当然也不希望和警察打交道；偏偏在这个最让方杰担心的情况下，有武装警察士兵出现在他们的面前。

"老天爷啊，警察要审查我们啦。"方杰轻声而恐惧地喊道，感觉头额开始冒汗。

"是啊，我们怎么办。"安娜也害怕起来。

这时候武警已经走到他们面前。"骑车摔啦，你们没事吧？"武警士兵问。

"我们没事。"方杰面对这位穿军大衣戴棉帽的武警士兵，紧张得还没有回过神来，不加思考地直接回答了他的问题。

方杰稍微镇静后，心想：这不会是真的的吧？这位武警面目温和语气放松，根本没有我想象中的气势凌人的警察架子。看来这位武警其实也是个普通青年，好像他只是看守工地，根本不管我和外国女人在一起的事情。

更让方杰意想不到的是，士兵注意到安娜是个外国女郎，居然热心地聊起天来："您好，外国朋友。您是哪个国家的？"

安娜像方杰一样，还有点惊魂未定，说：

"我是加拿大人。"

注意到士兵和蔼客气，安娜心里也轻松了不少。

士兵夸赞道："您的普通话说得真好。可以跟您练几句英语吗？"

那些年中国处在改革开放的初始阶段，全国上下都急切地向西方发达国家学习经济的开发和现代管理，从北美和欧洲来的外国人是很多国民欣赏甚至崇拜的对象，找机会与这些外国人聊天练习英语是很时尚的事。方杰认识安娜的时候也是这么想的。方杰觉得这位士兵是个普通人，当然也是这么想的。

安娜点头说："可以呀。"

安娜没有想到这位士兵居然要和她练习英语，庆幸士兵不光没有找他们的麻烦，还热情地与他们对话起来，心里一块石头落了地。安娜当然愿意打破刚刚经历的紧张气氛，教这位士兵几句英语。

士兵用英语说："How do you do（你好吗）？。"

听到士兵说起英语，方杰又吃了一惊，没想到这位看样子比他们年轻好几岁的士兵，英语说得清楚又流利。方杰回想起他自己十来年的学习英语的经历，猜测这位士兵肯定花了很大功夫在业余时间学习英语。

安娜回答："I am good, and you?（我挺好，你呢？）"

安娜听出士兵是个刚刚开始学英语的初学者，故意慢慢的讲清楚地讲出每个英语词。

士兵回答："I am good too （我也挺好）。"士兵平生第一次和西方人对话英语，这个西方人还是个漂亮的金发女郎，很是兴奋。

练了其他一些简单的英文句子后，士兵开始用普通话和方杰、安娜聊起天来。

方杰问："你是南方人吗？"方杰听到士兵说话有很重的南方口音。

士兵答："我是浙江人。"

方杰说："那我们是半个老乡啊。"

方杰和士兵继续聊了不少，方杰发现他们都是农村出身、两个人的家乡离得也不远，他们的共同语言也多起来。深入地用中国话聊天，对安娜有难度，方杰不时地用英语对安娜解释。

士兵讲了他在部队里的生活和看守工地的工作，因为军人的保密要求，他没有说得很具体。方杰因为和安娜的交往，也不敢透露太多自己的信息，只是说他在北京研究生毕业，现在在一个北京的一个研究单位工作。

聊得熟悉以后，士兵很钦佩地问："你有好工作，又找了个加拿大女朋友。你很厉害，为中国男人争光。"

方杰知道，男人找到西方女人对象，在中国是值得自豪的事。怕安娜没听懂，方杰用英语对安娜解释了士兵的话，然后急忙地对士兵说：

"不是女朋友，只是一般的朋友，我们刚刚认识。"

安娜这时候听懂了方杰的回答，也附和说：

"对，我们是一般的朋友。"

安娜生怕给方杰带来麻烦，赶忙重复方杰的话，支持方杰。

他们再聊了一会儿，方杰想起这个士兵毕竟是武装警察，还心有余悸，害怕说错了话带来麻烦，对士兵说：

"对不起时间已经很晚，我们要走了。"

他们三人穿插着普通话和英语，说了再见。方杰和安娜骑车行进在灰暗的夜色中，互相庆幸没有得到士兵的盘查。

方杰说："吓死我啦，我以为他要审查我们呢。"

"是呀，我也吓坏了。幸亏他对练习英语更有兴趣。"

他们继续骑车往前走，方杰还在想着遇见武警士兵的事，说：

"发现武警和警察不一样，他们不会管也不想管我们在一起的事情。"

安娜问："这两种警察的工作有什么不一样呢？"

"这个武警士兵的任务是守护工地。如果碰到一般警察，在改革开放以前我们可能会受到审查甚至处分。不过这些年警察好像也不管中国人和外国人交往的事，还有现在中国欢迎外国人来游览来投资。"

方杰继续说："这位武警不光不管我们在一起，而且像一般的民众一样对外国人友好。"安娜告诉方杰，她发现中国人对西方国家来的外国人特别友好。

劲松区公寓楼

方杰和安娜走到了社研院宿舍大院的门口。为了不让大院门口的保安注意到安娜这位外国人，安娜和上次一样用围巾遮住了她的脸。穿过大院门口后，方杰向安娜提出了一个特别的请求：

"为了不引起邻居和保安的注意，我们这次不用公寓楼的电梯，我们走楼梯吧。"

安娜觉得惊奇又好玩，说："My Godness（天哪），你住在十五层，爬楼梯要累死我们啊。"

"我们不着急，慢慢爬，其实挺锻炼身体。"方杰半玩笑地说。

安娜也笑了，说："好吧，只要你觉得更安全。"

在这次和安娜一起爬楼梯回公寓之前，方杰已经一个人演练过几次，每次都深切地体会到了爬楼对他的体力上的挑战。后来方杰查了一些书籍才知道，爬十五层楼梯相当于慢跑一千五百米。在和安娜一起开始爬楼的时候，方杰低声地告诉安娜不要爬得太快，要像在大街上走路那样慢慢进行；如果偶尔看到有邻居上楼或者下楼，他们应该假装互不认识，不是在一起爬楼。

他们有惊无险地爬楼十多分钟，到达方杰的住处后，安娜兴奋地用英语祝贺他们爬楼的成功，还特别提到在楼梯上没有碰到邻居。方杰打趣说："看来我们挺喜欢这样爬楼，我们身体上和心理上都得到了锻炼。"

　　方杰住的公寓里的厨房坐落在客厅和主卧室的中间，空间又窄又长；从厨房门口看去，左边一半的空间是柜台，水槽和煤气灶；右边是够一个人来回移动的空间；厨房的最后面是一扇小窗户。和上次的一菜一汤相比，方杰的这次宴席要更丰盛一些，更家乡味一些；方杰告诉安娜他要做三个菜，江西家乡青椒炒肉片和芋头排骨汤，加上北京味道的鸡蛋炒西红柿。

　　方杰做完青椒炒肉，让安娜尝一下炒好的肉块。安娜吃完肉块，使劲地伸出大拇指，说："炒肉味道好极了。你用了什么 magic（魔术）？"

　　听到安娜的夸赞，方杰十分开心，说："我家乡的家常菜。你看到了，做起来挺简单，特色调料是鸡精和香油。"

　　"给我讲讲做中菜的办法吧。"安娜看方杰准备炒鸡蛋西红柿，同时做排骨汤，饶有兴趣地问。

　　方杰说："基本的办法挺简单。第一关键是调料；我在老家学到的，记住这八个字，你就能做出中菜来：油盐酱醋，葱姜蒜辣。酱指的是酱油。"

　　"有那么简单？油-盐-酱-醋，葱-姜-蒜-辣。"安娜如数家珍地慢慢重复方杰的八字要诀。

　　方杰想了一下，觉得这个口诀可以更简单，得意地说：

　　"其实可以更简单，葱-姜-蒜-盐-酱，五个字就可以了；油像水，其实不是调料，醋和辣不是各个地方都用。"

"葱-姜-蒜-盐-酱；这个很容易记住。"安娜重复了三次方杰说的，然后问："方杰，你是怎么学会做菜的呢？"

方杰说："我做菜也就参加工作后这几个月，靠小时候的记忆和看菜谱。这五个调料，再选择一些其他特别用途的，好好练习，你能做出不错的家常中菜。"

安娜激动地说："太棒了，我回宿舍一定要练习。"

方杰想，安娜只有宿舍旁边的那个煤气炉子，做起菜来不是很方便。

做好丰盛的晚餐，方杰在录音机放起轻松的爵士乐，和安娜在餐桌旁坐下来轻松地边吃边聊。突然间安娜好像听到什么，低声害怕地说："方杰，你听，有人敲门。"

方杰赶忙关掉音乐，屏住呼吸仔细地听，也害怕地说："对呀，是有人敲门，怎么办？"

安娜急中生智，说："那我很快藏起来，到阳台上去？"

方杰回过神来，赶忙说："对，对，去吧。"

安娜慌张地跑到卧室边的阳台藏起来，方杰战兢兢地走向门口，小心地打开公寓大门。门外的陌生男子看到方杰，大吃一惊，急忙说："对不起，对不起，我敲错了门。"

方杰的心情从恐惧到庆幸，匆匆对陌生男子说，"好，好，没关系，"关上大门，去阳台叫回了安娜。

方杰告诉安娜："是一个陌生人叫错了门。把我吓一大跳。"

安娜庆幸地说："老天爷啊，也吓我一大跳。如果是公安什么的，要查你的房间，那就麻烦了。"

方杰若有所思地说："以前没有经历过这种事，还真不知道怎么办。我们商量一下，如果以后再有这种情况，应该有什么好办法呢？"

左撇子的安娜用左手食指按下吧，沉思一下后说：

"我藏起来，像今天这样？"

方杰说："是个好办法，还不够保险。对了，我们把储存小房间收拾一下，你可以迅速在那里藏起来。"

听了方杰的建议，安娜放下心来，说："是比阳台更保险，以后可以这样做。"

在客厅喝完酒吃完晚饭，他们俩带几分醉意，坐在沙发继续漫无边际地聊天。不时瞟看安娜撩人的曲线，方杰越发醉了。方杰鼓起勇气，请安娜教他跳舞。没料想到这个邀请，安娜犹豫一下后爽快地答应了。方杰按停放着轻音乐的录音机、换了录音磁带，放起华尔兹圆舞曲。两人跟着音乐，欢快地跳起交际舞来。

安娜小时候学过几年的芭蕾，跳起舞来自然优雅。方杰这乡巴佬便不一样了，他连基本舞姿都没有，只会跟着安娜生硬地走步子。听优雅音乐跳着舞，他们沉浸在兴奋浪漫的气氛中。右手捧着安娜的腰，方杰的左手不小心碰了安娜丝绸衬衫下高耸酥软的乳房。像触了电一样，方杰感觉到莫名的快感，又假装没发生什么。

方杰终究把持不住自己，一把搂紧安娜去吻她的脸颊。

吃惊之余，安娜回过神来含情地微笑着，老道地回吻方杰的嘴唇。舞曲还在播放着，方杰忘却音乐和周围的一切，激烈地和安娜拥抱亲吻。他们缓缓地踏着舞步，来到了卧室的床边。

不一会儿功夫，两个人扔弃各自的衣服，只剩内裤躺在床上，忘情地享受起对方的肌肤。他们做了激烈的各种亲密动作后，躺在床上说起话来。

方杰带动情崇拜的神态欣赏安娜，说：

"你的身体真好看，让我想起 Degas（德加）画的裸体女人。"

方杰用右手柔情地探索安娜丰腴的身体。他第一次面对一丝不挂的白人姑娘，感觉震撼。

安娜很享受方杰的爱抚和喜欢，兴奋地说：

"谢谢你喜欢我的身体。你怎么知道德加？"

"大学时我看了很多西方绘画书。"

"你这样说我的身体，是说我显得胖吗？"安娜仿佛有点抱怨地说。

"德加画的出浴梳头的女人，身材美丽又性感，不胖呀。西方女孩中你很苗条，只是比中国女孩丰满些。"方杰真诚地说。

说到这里，方杰意识到，尽管他打心眼里夸赞安娜丰腴的身材，但安娜仿佛并不领情。安娜喜欢方杰，也觉得方杰是诚意地欣赏她的身体，可不知道丰满这个词对西方女子很敏感。

安娜说："西方女孩很怕人说她胖，你喜欢我的身体我就高兴。"

"不管东西方，男人多数更喜欢丰满点的女人，喜欢瘦的是那些病态的模特行业。我家乡农村娶老婆要的是白白胖胖。"方杰说。

安娜笑了："哈哈，白白胖胖，正是很多白人女孩不要的。她们想晒黑，想减肥。"

他们边亲热，边动情地对谈，话题转向到方杰。

安娜说，"你的身材好看，"边温柔地抚摸方杰的身体。

方杰说："我瘦了黑了点吧？"方杰平生第一次完全裸露地和女人亲热，感觉还没有回过神来。

"You look handsome（你挺标致）。我喜欢瘦点的身材，深色的皮肤。"

"嗯，中国女孩更喜欢壮的白的男人；遇上你，我算lucky（幸运）啦。"方杰笑道，方杰吃惊地发现安娜这个西方女孩审美的不同。

"你的嘴唇很性感，很有型。"

"哈哈，没注意到我嘴唇的这个特点。"方杰被安娜夸得高兴。

两个人年纪轻轻，很久没有异性朋友，在生理需要上很饥渴。方杰是个传统小心翼翼的人，他向安娜提起做爱，又对安娜抱歉说，在心理上他还没有ready（准备好）；中国人有一种贞洁观，认为结婚以前不应该做爱。

在加拿大谈过两次恋爱的安娜，告诉方杰她没有方杰那样的顾虑，在加拿大很多信教的人也有同样的贞洁观。这时方杰突然想起：过去前女友莫婷拒绝他第一次的搂抱的企图，现在他没有的勇气去满足他和安娜的欲望，情况是何等的相似。

他们做了不吃禁果的决定，又一丝不挂地躺在一起，他们强烈感觉生理上的饥渴。激动地互相亲吻抚摸多时，他们停下来休息。方杰满意地附躺在床上，安娜欣赏起方杰身体的背面。

"你的屁股很 cute（可爱），哈哈。"安娜继续夸道。

"哈这个也没有想到，第一次听到女人欣赏男人的屁股。你的屁股更可爱，古典油画的样子，迷死我啦，哈哈。"

方杰转过身来，笑着痴情地欣赏安娜的起伏的女人曲线。

"你又说我胖啊。"安娜玩笑说。

"不是胖，是丰满。"

"哈哈，丰满不是胖的意思吗？"

"哈不继续了，你知道我的意思。"方杰不想继续说这个话题，害怕破坏他们间亲密动情的气氛。

"Ok（好的），你喜欢我就好。"安娜赞同地说。

在床上亲热许久后，已夜间十点，方杰要安娜在他的公寓过夜。安娜周末没有什么事，爽快地答应了。他们两个穿上舒适的睡衣，去卫生间洗漱，回到床上看了一集电视连续剧。他们幸福地搂抱在一起，舒适懒懒地睡到天明。

第二天早上骑车送走安娜，方杰回到劲松区公寓。坐在公寓阳台上喝茶看书，方杰远望北京的城市风景，慢慢消化刚刚过去的，可能会改变他的生命进程的一天。方杰没有想到他和安娜的恋爱会发展得这么快，心里快乐得像突然走进美妙了梦境。

刚认识安娜时，方杰的确为安娜的姿色和大气而倾倒，内心里琢磨安娜能够成为女朋友有多好。谈恋爱的时候，男人应该主动推进事情的发展。不过方杰是个谨慎的人，不敢轻易打破良好的气氛、破坏刚刚建立的友谊，向安娜过早提出开始爱情关系。

不过方杰确实有个模糊的计划。这次安娜来访的时候，能不能找个身体上接近安娜的机会呢，请安娜教跳舞应该是个可行的办法。喝点酒两个人一起跳舞，说不定还会有一起拥抱的机会呢。方杰不能保证一切会进行得顺利，不过作为男子汉是应该试一试。

为了这个计划方杰做了一些简单的准备。方杰事先测试好了录音机，选好了音乐磁带。安娜后来问方杰是不是有预谋，方杰回答得很有意思：他觉得他们开始互相很喜欢，作为女人的安娜又不想主动，他确实想了不少办法表白自己的喜欢，请安娜跳舞是各种办法之一。

这还是方杰第一次和一个女人约会过夜，时光的美好难以用词语表达。可是方杰也开始担心安娜的外国人身份。就中国的国情而言，和一个外国人约会，还是很少见的，不一定会被社会接受。方杰甚至害怕因为与外国人约会让工作单位知道了，丢掉工作这样的可怕情况。要和安娜继续约会，方杰只能先秘密进行。

11 月 五理工南校门饭馆

都是外地人的方杰和谷欣，五理工研究生毕业后，顺利地留在北京工作。方杰分配到中国社研院，做科技理论方面的研究和专业杂志的编辑工作。谷欣留校在图书馆搞科技史和图书档案的研究。两个人是五理工学院工程本科毕业，考到社会科学系读研究生。

那年头外地人有幸得到北京户口，还分配到好工作，是值得大庆特庆的事。各自报到搬家上班，忙乎了好一阵之后，十一月的一个星期六傍晚，哥儿俩定好在一个特色饭馆吃一顿，庆祝一下两个人的好运气。

在乘坐 311 路公共汽车前往五理工的途中，方杰自然而然地开始思考如何与谷欣分享他最近的工作经验。这段时间方杰经历了许多。到现在为止方杰还有点不相信有了他以前梦想不到的的工作，进入了社会科学理论研究的国家队。

有个同事的说法，社研院和历史上赫赫有名的皇家翰林院相当，这里工作的研究编辑人员相当于古代的翰林。看看社研院里的工作人员，国家级的著名学者云集，同事们大部分也是名校毕业生。

　　工作了两三个月，方杰很快地发现，在一个国家级研究单位工作，有了一定的地位和感觉良好，可同时也有了这个工作环境的下的压力和残酷竞争。方杰注意到，在社研院的这份工作，像其他国家单位的政府工作一样，是个铁饭碗，他要想混一混看来没有问题。在方杰的这个研究室，研究人员的三分之一的时间是做行业权威学术刊物的的编辑工作。编辑工作相对简单轻松一些，方杰做的是科技理论方面的稿件审查；有理工和社科两个学位，方杰做起编辑工作来感觉轻车熟路。

　　他要在这个行业作为一位学者立足，甚至想成为学术权威，则面临的是难以逾越的大山。先不说研究所里老一代的名人大家，周围的年轻同事里，有的被录取到美国名校读博士，有的成了的新思想丛书的名作者，有的是学术名家的徒弟，已经发表重磅论文，有的写起理论文章来思如泉涌、妙笔生花。方杰想，学术研究方面他才刚刚起步，和优秀年轻同事们比，他还有很长的路要走。

　　方杰心里对自己说，和周围的同事比，他有他的长处，知识面广文理兼顾，也能有些深入的思想，时常冒出语出惊人的新鲜看法。因为这些长处，研究生班主任彭老师推荐工作时给较高的评语，分配工作前在社研院的面试也给学术行政领导们留了好印象。

　　可与所里的优秀人物相比，注意到同事们大部分是文科出身，有很深的文史哲底蕴，方杰时常觉得他是个平凡的局外人。带着这种沉重的心情，方杰乘坐的公共汽车抵达了五理工南门车站。

五理工南门的一个川味火锅店外，北京的傍晚阳光温和，街道上人来人往。小馆子摆设简洁，一共八张小桌；空气里飘散着麻辣的鲜香。馆子里坐的多是老师学生，他们喝着凉爽的啤酒饮料，吃着热乎乎的火锅，眉飞色舞地侃大山。方杰和谷欣也略带醉意痛快地聊着。

谷欣拿筷子畅快地吃火锅，口气兴奋地问方杰："你的新工作怎么样？"

方杰说："还在适应中。专业编辑部分容易些，研究部分需要下功夫，有压力。"方杰有了好工作觉得幸运，也感到自己的不足和新工作的挑战。

"是啊，你那儿是个人才济济的地方。在古代，你这个职位算个初级翰林吧。"谷欣带羡慕的语气说。

"嗯，我有同事也自称翰林编修呢。不过我还只是个实习初级翰林，正式名称为实习助理研究员。这里不光是国内学术权威多，也有很多国际大学者来交流工作。近一段时间每星期都有欧美知名教授来访、办讲座。"

谷欣问："你们听得懂他们说外语的讲座吗？"

"同事里有懂不同语言的，他们做翻译。看到一些同事用流利的英语和国外大学者交谈，我是钦佩又惭愧呀。"方杰说。

这时穿红 T 恤紧身牛仔裤的女服务员，走过来为他们火锅添加材料。方杰谷欣各自再要了一瓶啤酒。两个人觉得女服务员挺漂亮，有美妙的曲线，玩笑了一会儿再回到正题。

方杰想聊聊谷欣的近况，问："那你的工作呢？"

"由理工换到社科专业我很喜欢，也很苦闷。我们算是搞交叉学科吧，要在文科领域混出成就，像理工科一样，也很不容易。"谷欣也表示了新工作的挑战和压力。

方杰说："有同感。人家文科出身的写东西引经据典、神采飞扬。我们学理工出身的，就是研究科技有关的课题，也要学习他们读书写作的方法。"

"在交叉学科领域，学理工出身的有优势，不过也有短处。比如说柯文贤的历史研究，用控制论来描绘历史，是有新意；我觉得很生硬，甚至怪异。"谷欣显得有些沮丧。

方杰很有同感，说："嗯所谓的机械唯物主义。"

方杰继续说，"要在这个交叉领域有所成就，研究者要利用我们理工优势，像工程师转行成哲学天才的维特根斯坦那样，用科学的灵魂而不迁就科技术语，去改变社会领域的研究"。

谈了新工作的压力和新生活的挑战，方杰和谷欣又聊起寻找生活伴侣的紧迫性。谷欣碰上好运气，和高中校花同学成双成对的希望很大。方杰刚刚和莫婷分手，倒是满脸惆怅。找对象的事，他们都感觉到一种巨大无形的压力；这事不光是自己感情的需要，也是为了满足父母和社会的期望。

聊着聊着已经天黑了，方杰他们两个酒醉饭饱，谷欣晚上要去校图书馆做些资料查询工作。他们两人在饭馆前道别，方杰坐公共汽车回劲松区公寓，谷欣骑单车回五理工教师宿舍。

第 4 集　安娜　1990 至 91 年　·　北京

安娜 你会回来的

第 11 章 我和安娜在王府井逛夜市

90 年 12 月　建国门饭店咖啡店

对我来说，恋爱是一种兴奋剂。上个月那个周末我和安娜第一次在一起过夜，是我们受到这个兴奋剂强烈影响的开始。因为恋爱，我们的内心和外在世界完全变了个样。有一两个星期一次和安娜在一起的时间，我一个人住劲松公寓不觉得孤单了，心里不会没完没了地寻思找对象了，工作单位分派的研究和编辑工作显得更有意义了。

我的日常生活还有许多其他的变化。在北京各地游玩，对我变得有趣值得期待了。以前没有安娜的时候，我一个人在北京市中心逛街，常常因为孤单一人觉得索然无味。周末时间与安娜约会，让北京这个游玩景点繁多的大都市，在我的心里变得其乐无穷。

一个星期日下午，安娜带我来建国门东边的建国饭店买面包咖啡，然后我们在饭店前厅旁边的咖啡店喝咖啡。穿白红搭配高级制服的漂亮女服务员，把两杯咖啡和盛有面包的小盘子放在咖啡桌上。服务员离开后，我环顾四周，对安娜说：

"这里很漂亮，这是我第一次进入西式宾馆。用中国人的说法，我是开眼界了。"

安娜说："我听说这是中国第一批现代化的西式宾馆之一，在北京的外国人常来这里。其实这样的宾馆在加拿大很平常，一般家庭都可以入住。”

我心想：东西方生活差别确实大。来这样的地方，对北京人来说只能是有钱有势的人，我这个国家单位的公务员花不起这个钱。

“好了，不说这地方对普通中国人的豪华。我问问你们西方人吃面包喝咖啡的习惯吧。每天吃面包，加拿大人都有这个习惯吗？”

安娜说：“在加拿大我们当然每天吃面包，我想欧洲北美人都是这样。面包对我们来说是生活必需品，像你们亚洲人每天吃的米饭一样。”

我吃了一片面包，觉得口感味道确实好。这是我很少的几次吃面包经验里，最喜欢吃的一次。

“你把面包和米饭比，一下子对我就很清楚了，以前还真不知道面包对你们西方人有这么重要。那咖啡呢？”

“咖啡很多加拿大人也是每天喝。我好像对喝咖啡有瘾，一天不喝咖啡就感觉缺少什么。这个习惯也有点像中国人喜欢喝茶。”

“喝茶说起来是中国人的习惯，不过不是多数中国人的习惯。中国喝茶的普及程度，好像没有加拿大喝咖啡的普及程度高。”

咖啡店外的人行道上，一位漂亮的金发小姑娘跟她的母亲从窗口走过，让我想起安娜前不久给我看的她小时候的照片。我对安娜说，这位小姑娘很像照片中小时候的安娜。我顺便问起安娜小时候参加选美的趣事，安娜带着自豪的口气说：

"对的。我小时候不光学习好，模样也不错，还参加过我们选美比赛呢。"

"哈哈，用中国的说法，你是自我感觉良好。从你小时候的照片看，很漂亮是个金发小美女。"我逗乐说。

"那你是说我现在不如小时候漂亮，haha（哈哈）。"

我意识到女人爱夸的心理，赶忙说：

"现在更漂亮，更漂亮。"

"知道你在故意夸我，我还是接受了，"安娜说，"回到我的选美比赛，我那次得到并列第一呢。"

"和谁并列第一呢？"我问。

安娜说："我记不住她的名字了，她是挺漂亮。可是后来根据规定抽签，结果她被抽到了，她第一，我第二。"

"很遗憾，不过没关系，你还是并列第一。"我说。

安娜要我也讲我小时候的事情。我想了一下，记起我妈妈经常提起的一件事。我跟安娜说，这件事现在听起来有趣，不过事情发生的时候可不是好玩的。

我沉思了一会儿，讲起我的故事：

我记得是我家乡冬季的一天。我在村前的水塘边拿着一根木棍玩水。我那时候才五岁多，我的两只脚踩在石块上来回走动。一块石头不很稳固，我忽然滑倒掉进水塘里。后来我妈妈告诉我，我当时让水呛得半死昏迷过去。

万幸的是，我穿的厚棉袄让我暂时浮在水面上。这时候刚好有个人从旁边走过，看到我很快把我从水里抱起来。经过好几个人用人工呼吸营救，我幸运地活过来了。我妈妈很多次说起这件事，她一直相信我当时有神仙相助，我有大福运。

以后，我妈总是叫我不要玩火玩水，说水火无情。我妈本来是小心谨慎的人，这件事以后，她对我管得更严。我的谨慎的性格，和我妈的严格管教有很大的关系。

对安娜讲完我的故事，我拿起咖啡杯，深深地喝了一口。

安娜把咖啡杯放在桌上说："我大学里学过心理学，一个人的性格的形成，和小时候的家庭生活有很大关系。"

我微笑看安娜，说："嗯，看来你的乐观开放的性格，也和你小时候有关系。"

"我小时的经历完全不一样。我家的房子里、房子外没有玩水玩火的危险。"

安娜也讲起起她小时的一件惊险故事：

和你的农村环境不一样，我在加拿大的城市里长大。我记得我六七岁的时候，我们在蒙特利尔市住。我和我的兄弟姐妹，没有机会在户外玩水玩火，可是我家还是经历一次可怕的火灾。当时我只有六七岁，这件事我记不住当时的细节。我妈妈记得一清二楚，她经常对我们兄弟姐妹提起。

一次我妈妈在我家一楼厨房做油炸土豆片，需要离开厨房片刻，我们一家人和几个客人在地下室 visit（说话）。一个上楼拿东西的客人看到厨房着火了，拼命地喊叫。我一家人慌作一团，还好市消防局的人扑灭了火灾，我家房子只是厨房被烧坏。我二哥被火灾吓坏了，躲在地下室的床下不敢出来。我父母花了好半天才找到二哥。

我听完安娜的故事，说："这件事也影响你后来的性格吧。"。

安娜说："在一些小的方面，确实影响了我的性格。我一辈子对房子里的炉火 careful（谨慎），和这件事很有关系，因为我妈妈总是提醒我。"

91 年 3 月　天安门广场

在北京冬季的三四个月里，我和安娜的周末约会，多半是在我的劲松公寓里吃喝闲聊、也谈工作和学习。其他几次约会，我们选择人多热闹的景点游玩，去的地方有市中心的天安门、前门、王府井大街、景山公园等。

我们在公共场合游玩，总是谨小慎微，因为我不敢公开我们的恋爱关系。我们在一起的时候尽量装作是一般朋友。我们约会的保密工作做得比较周全，至今为止还没有出现过什么重大的事件。不过有几次我们在外面引起旁人的注意，让我觉得"没有不透风的墙"这个俗语确实有它的道理。

有一次我们一起走在人流热闹的西单大街，听到一位北京小青年高声地对他的朋友说："你瞧，这哥们骑洋马啦，真牛逼。"我琢磨好一会儿才理会到这小青年的意思，轻声用英语给安娜解释。安娜觉得骑洋马这个比喻好玩又可气，说："你们中国人有时候也挺 rude（粗鲁）。"我心想：这个小青年的说法，话糙理不糙。他可是夸安娜又夸我啊。

还有一次我们不知道在哪里碰到一位五理工的同系研究生老同学。一次去五理工参加同学聚会的时候，我的同班同学老赵问我有没有外国女朋友，说有位同系同学在街上看到我和一位外国姑娘在一起。我对老赵说，"他可能看到我陪一位外国学者逛街吧"，算是暂时蒙混过关。

说起我们约会的保密工作，还有一件更让我惊奇的事。有一次我去远离我住处的社研院研究生院查资料，我几天住在一个建筑工地用的临时搭建的平房里。旁边的平房里住着维修工人老李，我和老李时而打招呼闲聊。

一天晚饭后我们在老李的门前聊天，他在我的衣服看到一根金色长发。老李大为吃惊，叫唤道："小方，你衣服上有根黄毛。"我为老李的这个发现吓得措手不及，连连说："怎么回事啊？可能是我挤公共汽车时粘上的吧。"老李没继续问，我倒是为这事害怕好一段时间。要是一位同事看到我身上有几根黄头发，那会是多么尴尬啊。

这是三月底星期日的中午，春天的北京天安门广场，阳光明媚、气温和暖、鲜花烂漫。我和安娜事先商量好这天在天安门广场见面游玩，然后去王府井大街逛夜市吃晚饭。带着对和安娜的急切期待，我在人群熙攘的广场走来走去等安娜的出现。

没让我想到的是，本来我们定好中午十二点见面，半小时过去了，一小时过去了，两小时过去了，我没有见到安娜。那年代没有私人用的电话，男女约会时如有一方迟到，另一方能做的事是等待、猜测和担心。

安娜是个守信用的人，她肯定不会故意不赴约。安娜在坐车的路上会不会出事呢，这是我最担心的情况。左想右想，我心情不得安宁，急得像热锅上的蚂蚁。最终我告诉自己，揪心着急也没有用，还不如往好的方面想，就假设安娜确实有什么事情，脱不了身呢。

坐了一下又走走，走了一会儿又坐坐，我又在期待和操心中苦熬了两个小时。已经是下午四点了，约好在人民英雄纪念碑北台阶等安娜的我，开始觉得不应该永远地等下去，正要放弃等待准备回家。恰恰在这个时候，急冲冲走过来的安娜出现在我的面前。看到穿着时尚性感走过来的安娜，我眼光一亮很快地高兴起来，四个小时的等待积累起来的闷气一下子风吹云散。

我看到安娜很是惊喜，还难以抑制我的沮丧和埋怨，说：

"说好中午见面，等了你四个小时。"

安娜看上去很亏心，认真地道歉说：

"真对不起，我在学校有些事，让你等这么长时间。"

我听了有些担心，问：

"什么大事啊，把我急坏了，我以为你路上出事了呢。"

安娜说："我自己没有什么事情，是我朋友索菲；她生病了，我得帮忙把她送到校医院。"索菲是住在同一个宿舍楼的加拿大留学生，她们是很要好的朋友。

"她没事吧。"

"有些麻烦事，医生告诉她怀孕了。她现在在宿舍休息。"

索菲的男朋友是巴西人，以后他们长久生活在一起的可能性很小。索菲怀孕是件麻烦事，他可能要打胎，但打胎在西方对很多人是个禁区。好朋友索菲有难事，安娜热心照顾她是很仗义的事。不要说安娜来天安门迟到四个小时，即便是她这次根本不能赴约，我也没有责怪安娜的理由。听完安娜的讲她迟到的理由，我心里的闷气立刻烟消云散。

"你知道这四个小时，我在这里做什么了吗？"我静下心来后问安娜。

安娜问："做什么了？"

我说："什么也没做，只是等，焦急地等。"

安娜满脸歉意，说："实在对不起。很遗憾你不在办公室，我们不能打电话联系。"

把我的沮丧告诉了安娜，我的心情一下子爽快许多。我说："可惜打不了电话。等了两个多小时以后，我想只是交通拥挤，你也不会用这么长时间吧。我觉得没有办法，准备回我的宿舍去了。后来还是傻傻地等，万一你要是来了呢。当然我太高兴，终于把你等来了。"

听我很高兴见到她，安娜也兴奋起来，说："我也是这么想的；送索菲回宿舍后，我也犹豫，要不要去天安门见方杰啊，万一他还在等我呢。看来我们都很可靠，haha（哈哈）。"

　　我看了一下周围，觉得这儿还挺热闹，对安娜说我们在天安门广场走走。我们在天安门、前门一带散步、休息、喝饮料后，商量好去王府井大街一带逛夜市吃晚饭。

王府井大街

　　我和安娜是第一次在北京市中心逛夜市。这个夜市坐落在王府井以东的长安街北边。我以前来这一带许多次，没有注意到这里有个大型夜间市场。我们走在人流中一眼望去，夜市街道的两边各种食品、手工艺品、杂耍表演的摊位，形成仿佛看不到尽头的两列长排。四周灯火通明、人潮如涌、声音嘈杂，很有辛弃疾古词里描述的"凤箫声动，玉壶光转，一夜鱼龙舞"的繁华景象。

　　我和安娜都兴奋不已，安娜提高声音对我说：

　　"这儿太漂亮啦，真热闹；我喜欢热闹。"

　　我也提高了声音说："你这么喜欢热闹？"

　　安娜说："当然，加拿大人少，街上也安静。刚来北京的时候，挤公共汽车，我觉得太好玩了，我喜欢北京的热闹。"

　　安娜说的对我可是新鲜事，我从来没有听说有人喜欢挤公共汽车。我说："哈哈，喜欢挤公共汽车，我第一次听说过。我们中国人可烦透了挤公共汽车。"

　　说到这里，我心想一个人对事情的看法，尽管有一些客观的标准，也有很明显的主观成分。安娜对北京这个大城市的博大和热闹的喜欢，不就是我多年前从农村来北京上大学类似的感觉吗？

在夜市观赏众多摊位后，安娜问我这个夜市有没有煎饼，说她在语言学院旁边的小夜市常吃鸡蛋煎饼。我说这儿是个大型夜市，鸡蛋煎饼是常见的小吃，我们肯定能找到。在拥挤的人群里寻找好一阵子，我们找到一个做鸡蛋煎饼的食物摊位。

我一边等一边问食物摊的女主人："这鸡蛋煎饼原料是怎么做的？"

摊主边准备我和安娜要的煎饼，边匆匆地回答我："鸡蛋、胡萝卜黄瓜，加面粉和鸡精香油等调料，做成小饼的形状。"

我和安娜拿到煎饼后，摊主忙别人的订单去。我和安娜在旁边的桌子旁坐下，边吃煎饼边夸奖煎饼的味道好。

吃煎饼的时候，我问安娜加拿大有没有这样的煎饼。安娜说加拿大的户外市场一般也有小吃摊位，有很薄的鸡蛋煎饼，但做法跟这儿很不一样。加拿大煎饼的做法也简单。把事先调好味的面粉糊倒在炽热的铁板上，上面加上一层鸡蛋，一两分钟就做好。

在食物摊边的桌子旁吃完鸡蛋煎饼，我和安娜沿街道找到我喜欢的鱼圆汤摊位。安娜问这个食物摊的男主人鱼圆汤怎么做。

摊主说："鱼圆做法很简单，鱼切成馅，加面粉和调料，把材料揉成丸子，鱼圆就做好了。"

安娜继续问："你这汤是怎么做的呢？"

摊主说："汤也很简单，水热开后，放点盐，鸡精，胡椒粉，料酒，醋，葱花，就成了。"

卖鱼圆汤的男主人是个年轻英俊的南方人。我和安娜站在摊位附近一起喝汤的时候，安娜抑制不住她刚看到一位帅哥的兴奋，说不光他做的的汤好喝，他人也好看。我知道安娜不一定比别的女人更好色，她只是不在乎在我的面前表达出来。我和很多男人一样是个醋罐子，知道安娜没有什么坏意，但心里还是稍有醋意。

我笑着对安娜说："你以后来这儿买小吃，我一定要陪你来，我怕你跟他跑了。"

安娜笑着说："你想多了吧。我只是欣赏好风景，haha（哈哈）。"

晚上七点多钟，我和安娜吃完晚饭离开夜市，来王府井大街散步。与平时的星期日晚上一样，王府井大街灯光明亮、人流如织。经历了天安门广场、王府井夜市的喧哗热闹，我和安娜专门来到大街北边的游人稀少的小广场，在灯光暗淡角落的长椅上坐下休息。

两个星期没见面，我不由自主地对安娜动手动脚起来。安娜半推半就，骂我性子急不能等到回公寓亲热。我们享受热烈的亲吻抚摸，同时也警惕周围有没有人看到我们。还真是怕什么来什么。在灰蒙蒙的夜色中，眼尖的安娜突然发现我后面不远处有人盯着看我们。

"你后面有个人。"安娜突然停止我们的亲热，轻声地对我说，声音中带着害怕。

"他在干什么？"我听了安娜的话，一下子恐惧起来，轻声地问。

"是个大个子男人，他一直在看我们。"

"那我们走吧。"我说。

"好，我们不用急，装作没注意他。"安娜说。

我和安娜慢慢地站起来，朝着安娜的方向若无其事地走出小广场，消失在逛街的人流里。觉得已经远离那个男人，我心里的石头落了地。

"老天呀，刚才吓死了。"安娜用惯了我教给她的感叹词。

我很有同感，说："你说他是个大个子男人，我也吓坏了。还好周围有人，那个男的不敢做什么。"

"可能他不是个坏人，只是想偷看男女亲吻。"

"特别是一个中国男人和一个西方女人亲吻。在我们逛街的时候，他可能盯上我们了，一直跟在我们后面。还好你注意到他。他要是靠近我们的话，更可怕了。"

安娜说："那我们喊叫，叫警察；因为我是个老外，他会吓得赶快逃跑的。"

"哈哈，好主意。"想起逃脱了危险，我和安娜都开心地笑起来。

第 12 章 我紧张地问起安娜

从去年国庆节在积水潭地铁站相遇开始，我和安娜相识恋爱已经五个来月。尽管我们只是平均两周见面一次，我们互相的喜欢如同久旱逢雨，我们深深坠入爱河。安娜的大学和我的住处，刚好在北京的西北-东南对角线的两端。安娜从五道口来到我家，要花两个多小时。安娜平时要上课，周末有时参加大学里的活动，我们只能有些周末时间聚在一起。

正是我们见面的时间少，我们两个周末一次的约会反而更加深情美好。我们见面的时候海阔天空、天文地理地几乎无话不谈。我这里说"几乎"无话不谈，是有一定原因的。有一个重要而有敏感的话题，我们除偶尔浅浅地提到，一直没有深入地去讨论。一个人爱得越激烈越深刻，会越想到这个话题：我们的恋爱是这么的美好，它会是瞬即而过的短暂时间吗。

对大多数中国人来说，和一个人约会都是和长远在一起的计划互相联系的。我这个准大龄男青年更是如此。我知道和安娜的恋爱与一般情况不同，我开始追安娜的时候，也有暂时浪漫一下的 B 计划。可是一个人文化上的习惯是很难改变的。我心里想的更多的还是我们有个长久的将来，要结婚生小孩，要执行我的 A 计划。

可是安娜的想法，初步看来和我刚好相反。一次在劲松公寓厨房一起做饭的时候，我旁敲侧击地问起安娜对她将来婚恋的打算。安娜回答的是那么地肯定和坚决：不要结婚，如果有长期男友也不要小孩。天哪天哪，难道这便是西方国家的恋爱观吗？安娜的长远打算和我的完全相反吗。

因为我们互相喜欢，我们在一起的时间是那么欢快。我根本没勇气去思考没有安娜的可能性。没有长远的打算总比没有一个我喜欢的女人好多了吧。我不想回到需要女人的渴望和饥饿中，回到没有终点的孤单和寂寞中。

4月 劲松区公寓楼

四月的一个星期六晚上，安娜来到我的公寓，我们又在一起共度欢快而来之不易的周末时间。这些天随着时间的不断推移，我开始感觉到一种忧虑：我们的约会只是像很多电影中的西方人那样玩玩，仿佛没有什么长远的未来。很多天的思索后，我要向安娜提出一直难以启齿的问题：我们的未来是什么？

星期天早晨，我们两人躺在床上亲密闲聊一阵以后，我的眼光从安娜转向天花板，紧张地对安娜说：

"我有一件事要问你，是关于我们的未来。"

"我有点担心，你要问什么呢？"安娜问，口气里带着吃惊和不安。

要说的事，我思考准备了很多天，这时候我还是说不出口。犹豫了一下，我终于说了出来：

"我很喜欢你，喜欢和你在一起的时间。不过我们要想想我们的未来。"

听了我的话，安娜显得紧张起来，问："什么未来呢？"

我害怕谈话时紧张，说不清楚，已经准备了一封给安娜的英文信。我从床边拿出那封信，信中说：

这事我一直想问清楚，但一直不敢问，是结婚的事。我不是说我们要现在结婚，我是想知道我们将来有没有结婚的可能。我写了一封信，在你回答这个问题以前，你先看看这封信。

我们约会的时间不很长，可我们在一起的时间是愉快的，我们的爱是甜蜜的。你知道，在中国男女认识谈恋爱不会只是停止在谈恋爱上；谈恋爱是为了走向结婚，达到结婚的目标。我也知道，在加拿大两个人恋爱不一定发展到结婚，你现阶段也没有结婚的打算。

信中还说：如果是在加拿大，我们可能会顺其自然，关系好的话会长期维持男女朋友状态。可我们是在中国，又是中国男子和西方女人恋爱关系；如果我们要继续我们的关系，我们不能永远地秘密地约会，我们要考虑有没有结婚这个可能。

安娜读完信看着我，眼泪开始流下，说：

"你的意思是，我们要停止来往吗？"

安娜看上去开始害怕起来。

我感觉到我想象过很多次的悲剧结局，已经不可阻挡地到来，我感觉身体开始发抖，说："我真的不想，可我没有办法。在中国，我不能只恋爱不结婚，也不能不结婚。"

看来安娜对这个问题没有思想准备，被惊吓坏了。可我已经够了解安娜，她也改变不了我们想法的不同。安娜惨惨地说："你也了解，加拿大的文化不一样，我甚至和很多加拿大人还不一样。我一直没有打算结婚，也没有打算要小孩。可我很喜欢和你在一起。"

"我也很喜欢和你在一起。你知道，在中国我快是大龄青年，不找对象结婚很难在这个社会正常生存下去。"我说道这里，开始伤感流泪。

"我理解了。真遗憾，我真不想离开你。"安娜深情地看着我，也流起眼泪。

我强忍悲痛，惭愧地对安娜说："是我对不起你，我没有别的办法。"我们躺在床上沉默许久，不知道要说什么。我知道安娜和我一样地悲伤，可她是个很有阅历、独立坚强的西方女人。她平静地建议我们慢慢地和平分手，要互相理解各自的难处。她还说我们不应该带有怨恨，等我们难以承受的 breakup（分手）时期过去后，我们还是朋友，应该保持联系。

我的性格可不是那么坚强，我感觉我处在虚幻的、得过且过的梦境中。我庆幸安娜能够平静地处置这样的人生悲剧，告诉安娜我当然同意和平分手，将来还继续做朋友。可我实在不知道将来继续做朋友会是什么样的情形，会不会是我恢复朋友关系后，安娜回心转意、考虑接受婚姻的可能性呢。

古城区社研院公寓楼

我和安娜在劲松公寓决定分手的时候，我以为我和平地离开安娜不会有太大的痛苦，实际的情况却很不一样。承受不下呆在劲松区公寓的伤感，下午和安娜告别后，我坐地铁来到古城公寓。公寓的两个同屋出去了，失魂落魄的我，终于感觉到失恋伤痛的冲击。迷迷糊糊地，我带上藏有啤酒和香肠的背包，走出公寓，来到附近的树林，开始在一个隐秘的山坡上自斟自饮、浮想联翩。

这次和安娜谈恋爱，我扎得太快太深，我回想起来仿佛只是几天的事情。在地铁站偶遇，在安娜的大学宿舍拜访，带安娜去王府井美术用品店，带安娜去我的公寓，再带安娜去我的公寓便在一起过夜。一起逛街多次，一起逛公园多次，然后是婚姻观念上的矛盾不可调和导致分手。这次和安娜的相处和上次莫婷交往的经验相比，我感觉更热烈更动情；原因与和安娜同在一个城市有关，也与安娜西方女子的直爽和开放有关。和莫婷是两地分居恋爱，一年只能见面一两次，莫婷还是个毫无经验谨小慎微的女子。

中国人谈恋爱是为了结婚，只谈恋爱不结婚的情况几乎不存在。从安娜那里我了解到，在加拿大情况几乎刚好相反，情侣们谈恋爱不抱有结婚这个目标，尽管很多情侣生活在一起多年后选择结婚。我们开始约会的时候，安娜有意无意地把丑话说在前面，说她打算一辈子不结婚、不要小孩。我问安娜为什么这样想，安娜的解释是加拿大社会在婚姻关系上很自由，她也看到很多结婚有小孩的家庭的失败和负担。

我喜欢上安娜，一时也没有想过结婚和要小孩的事，没有想过在中国只恋爱不结婚的困难，模模糊糊地告诉安娜只要和安娜在一起，先不考虑婚姻不考虑要小孩。在中国说不想结婚不要小孩很容易，做起来便不那么容易了。人的性格是很矛盾很复杂的，我和安娜互相喜欢一段时间了，我越来越想有长久的固定关系，自然而然地想起婚姻这样的结局。

那时中国还没有西方流行的不结婚但长久同居的风俗，我也不理解安娜对婚姻的抗拒是多么地坚固。我知道安娜其实也想有固定的感情关系，但是西方的一个思潮是要从守旧的婚姻传统中解放出来，这个思潮已经成了很多人的生活方式，看来安娜已经不自觉地选择了这个生活方式。男女感情这个东西很奇怪。一对情侣如果感情很深，他们关系的破裂会带来多么大的痛苦呢？两个人互相依赖，互相纠缠在一起很多时间，要分开中断交往的激烈痛苦，应该和一个人失去手脚的情况相似吧。

这几个月我们两个人在一起的时间是美好的。以前都有过恋爱经历，可没有因为以前的经历而对感情不敏感；恰恰相反，更知道如何享受感情珍惜感情。每一次对周末相会的期待，每一段在一起无数个小时欢快的时间、无数次发自内心的笑声，更有每个告别时候的惺惺相惜。我们在一起的快乐，身体心理的需要得到了满足。也可能是我经常想起的孤独，我一个人过时总是觉得自己在北京像大海上的一片孤舟，有了安娜马上觉得有了依靠，孤独的感觉消失了大部分、不再觉得可怕。

可像上次和莫婷谈恋爱一样，为什么两个人看事情的角度可以完全不同，不同到了不可调和的地步，要彻底分开一对相好的甜蜜情侣呢？与莫婷的分手的主要原因，是她母亲看不上地位低下的农村人。和安娜分手的原因，则是如此的不同。安娜的父母对她的恋爱婚姻没有干涉的权力，安娜和她的父母没有歧视农村人的想法。安娜有选择我作为恋爱对象的自由，安娜的父母不会阻扰。可是安娜太在乎个人的自由，容忍不下限制一定自由的婚姻。我可以这样总结：看来外国人有外国人的问题，很多加拿大人不相信婚姻，不像大部分中国人相信婚姻。

我不能肯定与安娜不结婚便分手是件好事。我可以等一段时间再做这个决定，这样可以继续恋爱的好时光，继续享受两个人在一起的男欢女爱。说不定感情发展到很深的程度，安娜会改变想法同意结婚呢。从另一方面来讲，我年纪已经快成为大龄青年了。中国社会的情况是，家庭社会催促你结婚，催促你不要晚结婚。成了大龄青年后，我不光难找对象长久孤身一人，还会长久得到社会的歧视和负面待遇。两个方面都考虑，我觉得还是现在决断为好，尽管和安娜分手很痛苦。

当日晚上，我在日记里记录下来，在树林里独自借酒浇愁的心情：我又一次失恋了。一个以前在电影里才看到的美丽金发姑娘，走进了我的世界、又在我眼前很快消失了。安娜走了，在这个千万人的大北京，我却感觉一个人孤苦伶仃。

第 13 章 我又回到孤单一人的状态

91 年 7 月　密云山区社研院招待所

这是我们研究室一年一度在密云山区的工作会议。招待所外，绿树环绕，山岭若隐若现。招待所的花园布置有序，多彩鲜花生机盎然。

白天会议厅用于工作，到了晚上则成为为同事们的聚餐场所。大家围坐在三张宽大的圆桌旁共进晚餐；饭后，同事们欢聚一堂，品酒畅谈，气氛热烈而欢快。我和几个同事聊得正欢，突然邻桌的主任助理小杜，对着室主任喊叫起来。主任耐心地劝说小杜，仿佛提到一位年轻女同事。

小杜看上去已经喝醉，说话没有他平时的内向镇定的风格。借着酒劲，小杜在发泄对主任的不满。出于所有人的意外，小杜忽然伸出右手，使劲地推了主任一把。几个同事一看大事不好，赶紧拉开小杜，半劝半推地把小杜带回他的宿舍。本来吃喝得开心的同事们不欢而散，各自也回宿舍睡觉去了。

我和同事小冯也回到我们的单间宿舍，迫不及待地谈论起小杜来。

我问小冯："怎么回事啊？小杜怎么对老板动手呢？"

"老板管得有点宽，要打断一桩办公室里的风流事。"小冯对这件事显然知道很多。

"什么风流事？小杜的事情？"我第一次听到风流事的

说法，很是吃惊。

"你这个没有听说过？研究所里的金童玉女，好了一段时间啦；可惜女的已经成家，麻烦事啰。"小冯讲起小杜的事来津津有味。

我更加好奇起来，问："女的是哪位呀？"

小冯带故作神秘的神态，说："所办公室那位年轻翻译张茜。"

我大吃一惊，感叹道："哦，绝色美人，身材丰腴，小杜桃花好运呀。"

小冯笑道："哈哈。方杰你赶快找对象，否则你会像小杜，想女人想疯了，饥不择食。"

我半认真半玩笑地说："嗯，还真有可能。"

因为小杜打人这个刺激性的话题，我和小冯都毫无睡意，看来要彻夜长谈。我们两个有硕士学位的社科学者，继续谈论小杜的风流事当然少不了社科理论上的分析。我从小冯那里了解到，小杜以前有过女朋友但还没有对象；他为人谨慎，同事们没有想到他会闹出这个事来。张茜已经结婚，据说她和丈夫的感情挺好，丈夫在北京上大学后分到外地，他们暂时两地分居。她这个人很活跃也挺正派，可能是远水不解近渴吧，和小杜好上情有可原。

小冯的看法是，这件风流事发展到小杜打老板的地步，表明小杜和情人张茜已经好得不可救药。为了爱情他们已经不怕影响他们的名声和工作，不怕影响他们的家庭，简直是豁出去了。除了一般的情爱，他们的事还有一个更重大的原由，那就是偷情带来的巨大刺激。

小冯带有重大发现的语气说："你知道这个说法吧。妻不如妾，妾不如偷。"

我好像以前在哪里听到这个俗语，告诉小冯我听说过。

"按照这个说法，偷情是男女之间最刺激的情感关系，很容易上瘾。上瘾了以后，便是一条死不回头的不归路啦。"小冯继续分析道。

我觉得小冯这个分析很确切很有深度，小冯毕竟是情场上的过来人哪。这时候已经快半夜，小冯很犯困，提议今天的谈话到此为止便呼呼大睡了。我刚好相反，这个时候根本没有睡意，继续琢磨小杜打主任的事，回味小冯"妾不如偷"的理论和他眉飞色舞的解释。

小杜打人的事震动我的内心，还因为我现在有和小杜相似的处境。我和好朋友刘芳的关系，与小杜和张茜的关系相比，在实质上没有区别。小杜和张茜是同事关系，小杜单身张茜是有夫之妇；我和刘芳也是同事关系，我单身刘芳有小家庭。

小杜和张茜互相喜欢私下会面，我和刘芳尽管没有挑明，也互相喜欢两人时常私下相谈甚欢。这两对关系的不同，是感情关系发展的不同程度罢了。小杜和张茜已如漆如胶，他们的关系暴露在光天化日之下，我和刘芳还只是温温火火，在秘密地没有越过红线中进行。

为什么小杜的故事是如此的刺激呢，为什么我和和刘芳在一起会觉得心情荡漾呢，我内心问道。还是小冯解释得好，是因为这种关系里有"偷情"这个强大的心理因素。如果小杜和张茜只是一般的夫妻关系，他们的事便不会在研究所闹得风风雨雨，便会像其他夫妻一样平淡无奇。

在偷情这个话题上思索很多，我开始想象起小杜在张茜家幽会的情形；小杜健壮的裸体压在洁白微胖的张茜上，疯狂地不停地抽插。我也幻想我和刘芳在一起动情地满足我们欲望的情形。像在黄片里一样，我在刘芳熟女结实的圆屁股后面，激情地进出。

到了这个年纪仍缺乏实际的性经验，但我的脑海里时常充满性幻想；这时的胡思乱想让我激动得难以自制。在窗外射进的街灯光下看对面床上的小冯完全睡熟，我悄悄地去了洗手间幻想小杜和张茜，幻想我和刘芳，右手揉搓下体自慰长久的时间，一直到畅快的释放。身体的压抑消失后，我内心埋怨道，我都快二十八岁了，想女人都想二十来年了，至今还没有进入过一个女人。我偶尔不能自控的时候只好用手来解决，这个世道对我太残忍太不公平。

从洗手间回到床上，我还辗转不能入眠。我想，偷情这事情是够刺激，但我永远做不到，只能像其他精力旺盛的年轻人一样，不时幻想一下而已。和刘芳在一起的时候，我做不到，刘芳也做不到。社会上大部分人做不到，否则社会上的男女关系便乱套，社会本身也乱套。

可我想，没有女人又多孤独多性饥渴啊。我只能和大多数男人一样，希望老老实实快点找个妻子，至少得到基本情欲和家庭生活的满足。看到小杜这样的结局，我是绝对不敢那样掉进偷情的陷阱。偷情是好玩好刺激，可在这个社会里会前途尽毁啊。

8 月 劲松区公寓楼

除了每星期有一天到办公室和同事们见面交流，住在劲松区的前几个月，我的生活绝大多数时间在孤单一人的情况中度过。早上在公寓里醒过来是我一个人；在家里工作是我一个人；出门买菜逛大街是我一个人；晚上做饭吃饭看电视上床睡觉，还是我一个人。这种大部分时间是孤单一人的生活，是我有生以来的新经历；我回忆不起以前曾经有过这种长时间没有他人相伴的情形。

有趣的是，我居住的十六层楼公寓，有一百多家邻居，整个居民大院有上千家；不像在家乡村子里，我这里一个邻居都不认识。一个村子的人都互相认识，我们很多在一起劳作，在一起红白喜事聚餐，在一起看户外电影，参加户外活动。我觉得大城市热闹是表面的，因为对大多数人来说是陌生人在一起的热闹，参与热闹活动的很多人，反而觉得这种热闹让人更觉得孤单。

小时候我生活在南方村子里，在多个人口的大家庭中长大，几十户的村民熟络无间，很少有个人独处的时候。上中学在学校寄宿，是同学们学习生活在一起。到北京上大学和读研究生也是多人宿舍，我很少经历大部分时间孤单一人的情况。可现在呢，现在我可是完全的孤身一人啊。

那些住公司集体宿舍的单身年轻人的情况会不会好一些呢？我知道的情况，他们是少了一些孤独，不过住集体宿舍对婚龄阶段的年轻人是暂时的，他们大部分会很快分到自己的房子，找对象结婚。看来工作之后没有找到对象成家之前，孤单一人是一个人的生活的主要状况了。

因为一个人生活的孤单，我时常盼望和在北京的朋友一起出去逛街吃喝。可在北京的大学和老乡朋友也就是那么两三个，互相之间有几个小时的路程，或者结婚了或者有女朋友了，和他们见面聚会机会极少，有朋友和没有朋友好像没什么差别。我知道结了婚有了异性朋友的人也会觉得孤独，可我一个人生活确实孤独很多。难怪到了年龄的青年男女要找对象成立家庭啊。

这是我准备了许久，盼望了许久的一个星期日。独来独往好几个月后，我迎来了一次在我家里招待大学老同学们的机会。经过几个星期的书信电话联系，我的两个在外地的同学来北京出差，我顺便叫上两个在北京的同学，定好在我的劲松区公寓办个大学同学聚会。这几年同学们刚刚毕业不久，在北京的几个同学都住在工作单位分配的单间宿舍里。

当时我正为一位在国外的老同事看守他在劲松区的住处，给这次老同学聚会带来了很大的便利。那个年代在北京的国家厅级干部能分到 100 平米左右的住房，新员工只能分到 10 平米的单间，这位高工龄同事住的是 50 平米的公寓。对我和我的同学们来说，同事的公寓可是奢侈级别的住房。

为了办好聚会，我提前做好准备工作。我发信打电话联系同学们，写好当天买菜的清单，收拾清扫了整个公寓。厨房和第二卧室收拾好了，洗手间清洗干净了，客厅和主卧室收拾整齐了。我感觉准备工作已经顺利完成了一大半。

聚会的星期日是个大晴天，清早温和的太阳已把室内室外照得暖呼呼。晚上睡了个好觉，我早晨起来在阳台上喝茶，尽兴地享受新鲜空气和大都市的远近街景。我上午的任务是骑车去附近菜市场买菜。那时候没有私人电话也没有互联网，我不知道同学们想吃什么，只能大致猜测同学们的喜好，决定在菜市场买什么样的做菜原料。我在附近的广渠门路菜市场买菜，花不到一个小时就买好了鱼肉和蔬菜。

同学们原定下午四点左右来我的住处集合。还住在北京准备去美国读硕士的杜浩提前半小时到达，都是北京人的季同和廖平也提前十多分钟到达。四人互相打招呼寒暄一阵子后，从外地来北京出差、住在北京朝阳区一个宾馆的小唐四点多也到了。

平时寂静单调的公寓，有了四个老同学的来访，一下子喧哗热闹起来。我和小唐当主勺，做了几个简单又好吃的菜；五个人围坐在客厅里的餐桌，边吃边喝边聊。

几个老朋友到访，我兴奋得像喝醉酒一样，提高嗓门问小唐：

　　"很喜欢你的清蒸鱼，清淡又余味无穷啊。小唐，说说你是怎么做的？"

　　喜欢做菜的小唐，清蒸鱼是他的拿手好戏，说："很简单吗。清蒸大家都会，调料主要是葱姜酱油。"

　　一到我家就开始喝啤酒的杜浩，也兴奋地对我说："你小子的青椒炒肉也很有特色啊。"

　　"这个是我的家乡菜，本来要有很辣的青辣椒。因为哥们都不吃辣，我用青椒代替。特色调料是香油。"我说。

　　近期刚开始学烹调的我，特高兴有机会向老同学们显摆我的技艺。

　　喝得半醉的五个哥们，大都大学毕业三年多没有见过面。正是"老同学见老同学，两眼泪汪汪"，我们好像有着三天三夜都说不完的话。吃完饭，五个汉子挤在主卧室的大床上，继续侃侃而谈。互相鼓励夸赞之后，我们的聊天转移到了当时我们当中的热门话题——出国留学。

　　"看来大家或者要出国，或者为外国公司工作，我是落伍啦，在清水衙门工作。"我说。

　　我本来觉得我有个理想的工作，可是比起我的很多要出国或者在外国公司工作的同学们来，又有一种赶不上时代潮流的失落感。

　　杜浩马上跟进，说："哪里哪里，你可是国家机关干部，前途无量啊。"杜浩的父亲是位地方局级干部，他认为我能分配到在北京的国家机关，是多么的不容易，是将来飞黄腾达的好跳板。

我对杜浩说："你以后芝加哥大学 MBA 一毕业，回国内当个总代，那才是前途无量啊。"

杜浩在大学班级是团支部书记，带干部做总结的口气说："其实各位哥们都干的不错啊。小唐去剑桥读博士，季同在美国公司当管理，廖平在新加坡公司做专利律师。"

我问大家："我工作单位也掀起出国热，年轻同事都在琢磨着怎么出国，想问问哥们申请国外大学的经验。"

小唐思考了一下，说："主要也就两个方面，你的考试成绩和学业成就。"

小唐刚刚被英国剑桥大学录取，要去那里读博士学位，我佩服羡慕坏了，说："我考试考不过你，又没有你过硬的科研成果，看来戏不大或者只能申请一般学校了。"

杜浩听起来觉得我的资历也够可以，说："你中国名校毕业，又在国家大机关工作，也算成就；找几个大专家同事推荐，希望还挺大。你在美国当教授的舅舅能给你些帮助吗？"

杜浩提起我的舅舅，我一下子气不打一处来，愤愤地说："别提我那个舅舅了。你和我带他游天安门，我后来还送给他一副北京名家给我的国画，他连三十美元考托福的钱都不愿赞助。他真抠门，我吃大亏了。"

小唐听了恨恨地说："美国人讲自私自利，美国华侨也一毛不拔呀。"

我苦笑地说："更可气的是，他还自以为是，回信给我精神上的鼓励。他在信里说，想出国有个好办法，找一个华侨女青年结婚，'有美在怀，漂洋过海，不亦乐乎'。"

杜浩笑道："哈哈，这个建议还文邹邹的，可惜没有实用价值。"

第二天中午，老同学们要回到他们各自的住处，我们在公寓的门口一一道别。同学们离开以后，我又回到孤单一人的状态。我一边收拾碗筷清理房间，一边回味这次热闹的聚会。

那个年代出国是一个社会大潮，仿佛每个大学生都在折腾出国留学。不过要出国很不容易，各方面要很杰出。我尽管有份好工作，可没有什么杰出的成绩，没有太多思想出国留学的事。

另一个和出国有关的社会大潮，是去外国企业工作甚至当管理。当时为外国公司当总管理的人叫首席代表或首代。一个大学毕业生进入外国公司工作，一下子高人一等。不过要当首代对大多数中国大学生是不可能的或不容易。首代一般是公司派来的外国人，少数是被派回国的中国留学生。我这去外企工作没有条件，也不想进入那个行业。

我能得到国家部级单位工作，在大学生当中是很出色很有面子的事。不过那个年代大学生毕业最时兴的去处，还是出国或为国外公司工作。那时候中国城市里提供给私人公司的办公楼还寥寥无几，外国公司的工作人员很多在高级宾馆办公。外国公司给的工资高得惊人，我的月工资不到一百，我在外国公司上班的同学们月收入都上千。我觉得我不适合去外国公司工作，心里还是羡慕在那个高薪行业工作朋友们。

跟几位老同学在一起聚会，是多么的温馨热闹啊。可和同学们的聚会是多么的少见多么的短暂。要是和朋友们的聚会可以呼之即来，挥之即去该多好。一个人需要和朋友们交往，也需要独处，可惜现实世界不是十全十美，很多人或者奔波于社会责任或者身处于与世隔绝。

我读过关于人的孤独的理论文章、接触过研究孤独的学者，认识到人的孤独是普遍的和恒久的。可从现实生活这个角度来看，人的孤独和不孤独是很简单很明了。一个人孤独不孤独其实是生活中有没有人陪伴左右。过去我总是有家庭和同学们陪伴，大部分时间是不孤独的。在我这个年龄，一个人孤独主要是有没有异性对象或者没有丈夫妻子。

第 14 章　方杰的背影在她目光中消失

91 年 9 月　东城区社研院宿舍楼

这年秋季，刘芳的老公要去大连一个部队单位工作半年，刘芳也一同前往她老公的驻地。离开北京之前，刘芳和她的好朋友苏燕商量好，要在刘芳的宿舍聚一聚，刘芳顺便叫上方杰这个结拜弟弟。

方杰和刘芳已同事一年多。每月一两次的乐队排练，两三个月一次的私下练歌小聚，他们已成无话不说的朋友。社研院工会乐队一共五个成员，乐队女队长俞老师是个中学音乐教师，院文学所一研究员的夫人。

俞老师负责音乐指导和钢琴伴奏。刘芳是演唱民族和通俗歌曲的主唱；方杰做吉他伴奏，需要时也做男声伴唱和笛子伴奏。乐队的另外两个成员是拉二胡弹扬琴的吴先生和做贝司伴奏的杨女士。

院工会乐队的明星当然是刘芳，乐队的每一首歌都是由刘芳来主唱。从表演这个角度来讲，乐队的第二重要人物是方杰。方杰的合唱和伴唱给刘芳的歌声增添了层次和色彩，方杰的笛子伴奏，也是乐队节目的一个亮点。因为方杰在乐队对刘芳的重要辅助作用，他们需要偶尔单独交流，在刘芳家里排练。

刘芳的性格比方杰还要小心谨慎，他们在刘芳家的排练一直是在秘密中进行，选择刘芳丈夫在郊外住、刘芳的小孩让她父母管的时候。随着时间的推移，他们的心理距离拉得越来越近。方杰时常寻思他和刘芳的不平常的友谊。方杰知道他喜欢刘芳，刘芳也喜欢他。可是他们的相互喜欢，只能意会不能言传。他们不能挑明互相的喜欢，因为他们一旦走出他们友谊的地带，他们的关系会演变成实际的情人关系。

如果他们发展成情人，不管是内心的道德负担和巨大的社会惩罚，他们是承受不了的、也不想承受的。他们提到过同事小杜和张茜的风流韵事。就他们两人的谨小慎微的性格，他们不会愿意也不敢走到小杜张茜公开恋爱这一步。

认识的时间越长，方杰和刘芳越来越注意为他们的私下来往保密。方杰没有把这事告诉任何朋友。在方杰的允许下，刘芳只把方杰介绍给她的多年好友苏燕，并要求苏燕绝对保密。

那段时间，可怜的方杰要守住两个大秘密。一个是方杰和刘芳的来往，另一个是他才开始的和安娜的约会。方杰和刘芳都知道，因为他们终究还是朋友的关系，方杰当然可以认识其他女人，刘芳甚至很放心和鼓励方杰尽快找对象。

方杰没有告诉刘芳他和安娜的事，除了因为方杰和安娜的朋友关系处在初期没有稳定下来外，更是因为安娜是个外国人；在没有建立正式婚姻对象关系以前，安娜比刘芳是方杰更大的秘密，他不敢向任何人透露。开始与安娜谈恋爱以后，方杰以工作忙和他们见面过于频繁不好为借口，和刘芳的见面减少了。

方杰心想：如果他和安娜的关系走到了谈婚论嫁的阶段，方杰会告诉刘芳的，也会得到刘芳的理解。现在安娜已经和他分手，方杰觉得和刘芳适当多聚一下不会引起他心里的不安。

刘芳住的是五十年代建的苏联式筒子楼，离研究院办公大楼只有两个街道。楼高一共六层，每层楼有一条很长的通道；通道两边是宿舍房间和公用水房。楼道里每个宿舍的旁边，零星摆布着煤气炉子。不去院食堂吃饭的人，可以在楼道里烧饭。这一次小聚他们决定三个人出钱，刘芳在院食堂买几个菜，带回她家一起吃。

从门口看去，刘芳的单间宿舍简单整洁，左边是衣柜和铁架双层床，右边是方形小餐桌和一张木制大床，两张床的中间是一张长书桌。方杰从刘芳那里知道，她和她的五岁的儿子平时一起住这里，周末常去北京郊区部队和老公团聚。白天工作的时候，她让住在附近的父母看管儿子；有时刘芳的母亲也会在这里看小孩，住上一夜。

这天刘芳在院食堂买了鱼香肉丝，蒜苗炒鱼块，鸡蛋炒饭和冬瓜汤。刘芳知道苏燕和方杰喜欢喝少量的酒，也买好几瓶燕京啤酒。刘芳自己很少喝酒，为了助兴答应陪方杰苏燕喝一些。

尽兴地吃喝谈天许久后，方杰提到刘芳借给他用的永久牌自行车：

"借你的自行车，已经三个月了，我还给你吧。"

那时候的自行车要他两个月的工资才能买，还是挺贵重的。

刘芳拿着啤酒杯喝了点酒，说："你继续用吧，我家有两辆，我老公不用他的；我需要再向你要回来。"

"谢谢刘姐，这可是大忙啊，都有点不好意思接受。"方杰知道刘芳要照顾他，很乐意帮忙，心里还是有些亏心。

听着刘芳方杰的一来一去，苏燕开玩笑地说：

"方杰你要是再客气，我向刘姐借了。"

刘芳对她的老朋友做起怪脸："去你的，你家那么有钱，要我的破单车干嘛。"

聊着聊着，他们的话题转到刘芳苏燕的好友关系。苏燕和刘芳年纪相仿，是个中等偏高的北京女，相貌俏丽，性格开朗。刘芳告诉过方杰，她和苏燕是老朋友，都在五道口附近的大学当过工宣队队员。方杰觉得有意思的是，看来人说"物以类聚，人以群分"是对的，刘芳苏燕不光有多年的相同经历，还都是不折不扣的大美人。

"你们俩像姐妹似的，从小是朋友啊？"方杰问。

"对啊，我们的关系可特殊了，一起上中小学又在一个印刷厂工作。"急性子的苏燕抢先回答。

性格沉静的刘芳，缓缓地接着说："然后我们都去了五道口，在不同的大学参加工宣队。"

"那年头可是我们工作生涯的高峰时期啊。我们才十八九岁，可以对大学领导发号施令。”苏燕越说越激动。

刘芳补充道：“那时候太年轻，糊里糊涂的，也不知道自己在干什么。”

“是啊，我还糊里糊涂地喜欢上了一个教授，和他结婚；他大我二十多岁，现在后悔也来不及啦，哈哈。”苏燕提起老公显然十分得意。

刘芳瞪了苏燕一眼，说：“你就别得瑟了，你们是模范夫妻呀。”

“好啦好啦，不得瑟。来来，喝酒喝酒。”苏燕已经喝了不少酒，兴奋地说。

刘芳举起杯子，苏燕和方杰拿起啤酒瓶，一起大声地说：“干杯！干杯！”

晚饭后聊了许久，苏燕起身告别，说要坐一个多小时的车才能回到五道口旁边的家。苏燕离开后，外面突然下起大雨，四处一片昏暗。

刘芳看窗外笑笑说：“这下子你没了辙了，想回家也回不了啦。”

方杰珍惜和刘芳在一起的时间，巴不得多呆一会儿，开玩笑地回答：“那我今天就住下吧，哈哈。”

刘芳笑而不答，邀方杰一起收拾盘碗，可能是为了避免尴尬换了个话题：“找对象的情况怎么样啊？”

“不怎么顺利，我自己的条件不行。”方杰不好意思，也不喜欢多说找对象的事，心想要和刘芳处对象，该多好啊。

"我很久不关心这事了，现在都讲什么条件啊。"

"像市场上买东西，讨价还价的。我是外地人，农村出身，个子不高，买不起几大件；这些都是不利条件。"方杰说着很痛心。

刘芳提醒道："你有好工作，名校研究生毕业，文质彬彬，算是好的条件吧？"

"想做媒人的同事朋友提到了，不过我的不利条件更明显。"方杰无奈地回答。

对于方杰找对象的事，刘芳心处两难境地。她当然希望方杰找到个好女人，有个安定的家。可一旦方杰有了个恋爱的对象，他们之间的友谊便到了终点。

10 月　东城区宿舍楼

星期日下午院乐队排练后，刘芳请方杰晚上去她家吃饭。刘芳的工作有了变动，要调到北京郊区她老公的单位工作，这次吃饭是个告别会。方杰听到刘芳的工作调动，当然很不高兴，答应刘芳一定赴会。

几个月在院乐队的合作，在研究所资料室的闲谈，方杰和刘芳互相喜欢，心照不宣。他们是谨小慎微的人，知道这种喜欢只能保持在友谊层次，都不敢越雷池一步。年纪轻轻的方杰，有对女人对刘芳的性渴望，幻想能和同事小杜追已婚同事一样，向刘芳挑明，发展地下情人关系。可方杰根本没有这个胆子，知道后果是不堪设想。

　　刘芳更是矛盾了，她喜欢方杰，当然希望能和方杰在一起；可她不知道方杰会有追她的勇气。更可怕的是，她和丈夫是军人婚姻，破坏军婚的人会得到严厉的法律惩罚。两个人都觉得，他们的友谊还是保持在柏拉图式精神状态为好。

　　方杰这个贵客来访，刘芳亲自掌勺，准备几道好菜。方杰到达刘芳的筒子楼时，刘芳正忙乎着在过道做饭。在房间里放下背包，方杰当起刘芳的助手。煤气炉的两个燃气灶上，刘芳炒青椒肉丝和鸡蛋蒜黄；宿舍里的双头电炉，同时煮玉米汤和米饭。房间里，刘芳六岁的男孩在书桌旁做功课。刘芳和方杰一边做饭，一边搭话。

　　方杰在门旁凳子上坐，帮刘芳看着房间里的电炉，问：

　　"你的新工作是做什么？"

　　刘芳拿锅铲炒菜，说："在我老公单位的图书室，跟现在的工作差不多。"

　　"我们所里的图书室都是学术书籍，你新单位的图书室藏什么书呢。"

　　"主要是娱乐性教育性的书，小说啦小孩的课外补习书啦什么的。"

　　"那我没有借口去你那里查学术材料了。"方杰逗乐起来。

　　刘芳习惯了他们之间的眉来眼去，笑着说："去你的，你打什么小算盘啦。要见我，还不如我去你宿舍找你。"

　　"这个，不容易安排吧，我不久要回去住的宿舍有两个同事一起住。可以等到他们俩都回家乡看老婆，不过这种机会挺少。"方杰笑道。

"估计以后很难见面了，珍惜今天的机会吧。"说到这里，伤感笼罩刘芳的脸，方杰见状也感到沉闷，不知道说什么好。

这一段时间，方杰工作上忙了起来，工会乐队排练活动也少，方杰和刘芳也不想感情上走得过远，很久没有在一起吃饭聊天。见面的机会少，倒越发让方杰思念刘芳。方杰没有别的女人占据心理空间，刘芳告诉方杰她丈夫一直有别的女人，他们很少在一起。尽管见面不多，方杰和刘芳把对方看作心心相印的知音。刘芳要调到北京郊外，倒给了他们再聚一次的借口。细心的刘芳，怕和他们见面心情失控，本可把她的小男孩交给她父母管，故意带他一起和方杰吃饭。这是他们俩要长别的一次见面，他们伤感的便不用说了。

吃完了饭，刘芳打发儿子去餐桌旁看电视，和方杰面对面坐在书桌旁喝茶谈天。

他们说话好一会后要告别了，方杰从背包里掏出给刘芳的告别礼物，一本制作雅致的笔记本。笔记本的第一页有方杰的告别辞："致刘芳姐，感谢姐姐这一年对弟弟的照顾和关怀，我会再来看你。"

刘芳倒不缺笔记本，看了方杰送的告别词，脸上伤感起来，眼睛里流出泪水。看刘芳不高兴，方杰不知所措，赶忙顾左右而言他，问起她星期天的打算。

刘芳边搭话，边从书桌的抽屉里拿出一本长方形相册，说是给方杰的告别礼品。相册用暗红丝绸包装，设计细致考究。刘芳依照她一贯的谨慎，没在相册上留言。接过相册，方杰很是感动。方杰意识到这相册比他送的笔记本贵重多了，刘芳和她的军人老公收入不多，亏心地对刘芳说不敢接受。刘芳笑道："这相册我又退不了货，你要我扔掉啊。"

听到刘芳的一片真心，方杰感激地收下相册。后来方杰被调到另一个国家部委工作，住在北京的另一个城区，这本相册一直跟随了方杰。

"调到老公单位后，以后难见面了，你好好照顾自己。"刘芳百感交集。

"会想念你这个好姐姐的，以后你来市内打个招呼，我请你吃饭。"方杰也开始感觉鼻子发酸。

"好的，我们以后再约。"

刘芳总是小心谨慎，她知道要专门去拜访单身的方杰几乎不可能。想到这儿，她觉得心酸；因为儿子在场，她眼睛湿润，但强忍着泪水。

看到刘芳情绪低落，方杰也伤心起来。作为男子汉，方杰想哭也不让自己哭出来，轻声道："说得让你不开心，很对不起。"

晚上九点来钟，方杰起身要走出宿舍，先向刘芳的小男孩说再见，再对刘芳说他该走了。刘芳觉得已经说了很多客气话，站起身默默地不说什么。怕邻居们注意到他们在一起，刘芳不便送方杰去宿舍楼的门口。她只是在房间门边悄悄地目送方杰，一直等到方杰的背影在楼道里往左拐弯，在她的目光中消失。

离开刘芳的宿舍，方杰骑车回劲松区公寓，心情坏得像又一次失恋。方杰知道和刘芳这样交往不是谈恋爱，他们没有明确的示爱和身体的相悦。可一对男女互相喜欢和恋爱又有什么区别呢？他们没有走到一起，唯一的原因是社会规则的不允许，可是社会规则却管制不了一男一女之间的内心喜欢。

像刘芳一样，方杰觉得他们的交往没有走得更近，是理智的选择。他们真得要像所里那对同事一样偷情，是要面临人生灾难的。同事朋友圈子里名声倒地，丢失工作和谋生手段；更可怕的情况，刘芳是军人家属，方杰刘芳破坏军人婚姻可能锒铛入狱。

可现实的残酷又阻挡不了方杰刘芳的互相倾慕，方杰多么想他们以后继续私下会面啊。刘芳要搬走，工作上见不了面，工作以外见面的可能性更小，方杰只好借助于幻想，琢磨找机会给刘芳的工作单位打电话，或者时而一起找个偏僻的小馆子吃顿饭。

第 5 集 莫婷 1991-93 年 · 江西

第 15 章 北京开往南昌的火车到站了

91 年 11 月 北京古城区公寓楼

与安娜分手好几个月，方杰逐渐从失恋的伤痛中恢复过来；方杰的生活在宿舍-办公室-菜市场三角形的常态中进行，完全放弃了追女人找对象的事。人算不如天算，秋季的一天下午，一位陌生人发自南昌的一封长信，打破了方杰生活中的平静。

这是莫婷托她的一位朋友写来的信。看完信以后，方杰惊奇又感慨。怕自己在做白日梦，方杰等到晚饭后，叫上公寓同屋小冯老田一起阅读，帮忙解读信的内容。小冯老田和方杰一样，去年研究生毕业分配到同一个研究所，一起住进了这套三室一厅的公寓。小冯老田都已婚，他们的妻子还住在外地老家。

共用的起居厅里，餐桌边落地灯光温和静谧。三人坐在餐桌旁，小冯为大家朗读了那封信；方杰简单讲了和莫婷的恋爱经历，也给小冯老田看了莫婷的照片。

情况是，和方杰分手后，莫婷经历几个月感情上的煎熬，终究忍受不住对方杰的思念，委托她的高中好友陈茹写了这封信，请求方杰恢复两人的恋爱关系。

陈茹的信这样写道：

作为莫婷的中学同学和好友，我想让你知道，莫婷自你们分手后，很多时间是在悲伤和想念中度过。她认识你的时候只有十九岁，年纪轻轻多情多感的她，在浪漫的巧遇中认识了你，开始她的初恋。

这一段时间里，她想尽了办法，要忘记这一段感情，以为时间会洗刷一切；可她做不到。几个月过去了，她放不下你们那段爱，常常夜不能寐。她前思后想长时间后，叫我帮她写这封信，告诉你她还深深地爱着你，想问你能否再给她一次机会。

读完了信，性格直爽的小冯抢着发言："你小子厉害啊，这位小美女对你很痴情。"

"唉，我以为过去就过去了。"震惊之后，方杰仿佛还没有回过神来。

老田叹道："感人的爱情故事。我儿子都八岁了，好久没谈恋爱的感觉啦，羡慕羡慕。你要珍惜这份情。"

"唉呀，不要光赞叹羡慕；你们都是过来人，给我出出主意吗。小冯你谈恋爱结婚不久，你先说说。"方杰急着要同屋们帮忙。

沉思了一会儿，小冯说："嗯，让我想想。浪漫归浪漫，可困难看来不少。你们的感情基础挺好，看来一个大问题是两地分居。其实我和老田现在和老婆都两地分居，这个在中国太常见啦。"

方杰回应道："你说的也是，我的两个大学研究生同屋，现在也和他们的未婚妻两地分居，结婚后要想办法调动到一起。你和老田也在申请把老婆调到北京吧？"

小冯给出他的好经验："好在国家政策比以前进步，配偶工作户口的调动容易多了。我老婆明年就可以搬到北京来。"

老田附和道："我老婆小孩也差不多办好，明年也能搬过来。"

小冯给每人倒了一茶缸开水，往开水里放了点茶叶。三人回到这个很少碰到的热点话题。方杰继续申述他的困境：

"还有一个问题，莫婷几次讲到，她父母不一定会同意我们谈恋爱。我农村出身，没有家底子，是一个大障碍。她妈对农村人很有偏见。"

小冯鼓励说："父母老思想，不同意儿女婚事，这样的情况很多。如果你们俩态度坚定，她父母会慢慢适应的；再说现在婚姻自由，他们不同意也阻挡不了你们。"

老田赞同地说："父母的反对是个问题，但更重要的还是你们的感情和决心。"

方杰说："说实话吧，上次分手我很不开心，写信狠狠地责骂了她。我们两个是互相喜欢，不过她年纪还小，性格多愁善感，我不是很相信她能坚持下去。"

"至少再试一试吧，碰到条件好这样喜欢你的女人不容易。你快大龄青年了，北京姑娘又看不上咱们外地人，好好抓住这个机会吧。"小冯感慨地说。

老田说："小冯说得对，我也投赞成票。"

"你们说的是，找对象不容易啊，我还能挑剔什么呢，唉。"心情恍惚的方杰，无可奈何地回答。两位同屋热情出主意帮忙，又坐上感情过山车的方杰好好地感谢了他们。三人再闲聊一会儿，各自回房间休息去了。

那天晚上方杰惊喜兴奋得难于入眠。方杰本觉得早已接受了和莫婷分手的现实，忘记了那段恋情。莫婷这次来信后，方杰发现男女之情是可以恢复再生的，又向往起他们之间的浪漫前景。

92 年 2 月　南昌火车站

收到莫婷的朋友陈茹来信后，方杰答应恢复和莫婷的恋爱关系。春节前方杰回江西家乡，在五道口理工学院做科技文献研究的好友谷欣应约到江西一起游览，同时在南昌搞学术调研。

北京开往南昌的火车到站了，方杰和古欣一起走出站台。方杰兴奋又紧张，不怎么想说话。偏这个时候，谷欣话多起来。谷欣逗笑道："马上看到你的漂亮公主啦，感觉怎么样啊？"

很快要见到莫婷，心情激动的方杰感觉没有力气说话，回答："你小子不要逗我，当然紧张啊。"

谷欣安慰说："不要紧张吗，这回可是她追你，她会对你可好啦。"

方杰半笑道："希望如此啰。"

走到火车站出口，前边人群熙攘，方杰一眼望去，根本看不到莫婷。两个人正纳闷，这么多人里怎么找到莫婷呢，方杰听到熟悉的甜甜的女孩声音。

"方杰，方杰。"莫婷喊道，看到方杰和谷欣，兴奋又不好意思。

"莫婷，你好。这是我同学谷欣。"方杰回应道。好久不见莫婷，方杰有尴尬、陌生的感觉。

莫婷向谷欣握手问好："谷欣，你好。方杰经常讲到你。"

谷欣逗乐地说："哦，希望方杰讲的都是好事。"

莫婷说："都是好事，方杰说你女朋友很漂亮。"

方杰没想到莫婷会这么大方的逗乐，可能也是紧张了吧。

谷欣继续逗乐："哈，方杰过奖了。方杰的女朋友更漂亮，哈哈。"

开心地听谷欣的搞笑，方杰改变话题："好啦好啦，都漂亮都漂亮，以后继续慢慢夸。莫婷，我们怎么去宾馆呢？"

莫婷说："很容易，我带你们去公共汽车站。我还要回学校，你安顿好了再来我学校，好吗？"

方杰说："好的。"方杰很想接近莫婷，可惜还不是时机。

谷欣又开始逗乐："不邀请我啦？"

"哦，方杰说你另有安排？也欢迎你。"莫婷礼貌地回答。

方杰要挽救有点尴尬的莫婷，对着谷欣说：

"去你的，别瞎搅和啦。"

三个人拿起大包小包，走向公共汽车站。边和莫婷谷欣聊天，方杰边动情地盯着打扮倩丽的莫婷。莫婷注意到方杰的虎视眈眈，淘气地瞪了方杰一眼，又掩藏不住她美滋滋笑脸。莫婷今天精心的打扮，不是为了让方杰高兴吗。

天气不是很冷，莫婷穿小巧的红羽绒袄，灰蓝色牛仔裤；她看上去娇艳又文雅，充满漂亮女大学生的风韵。她长发披肩，脸蛋秀丽；起伏有致的女人曲线，在她巧妙的冬式打扮下，若隐若现，让方杰着迷。

在穿着平淡的人群中，方杰眼中的莫婷，如万绿丛中一点红，方杰心中庆幸：好个美人啊，我这个乡巴佬有运气。

第 16 章 这个装修简陋的饭馆

92 年 2 月　南昌江岸大学宿舍

第二天早上，方杰十一点在旅馆旁边上了公共汽车，十二点半来到江岸大学莫婷的学生宿舍。住六个女生的宿舍，显得空荡荡的。大学寒假刚开始，两个女生已经回家了，另外两个女生也在收拾东西准备回家。

"我的表哥方杰来了，"莫婷打开宿舍门迎接方杰，"表哥，这是张霞，这是吴欣。"

方杰佩服莫婷能随口编造出他的表哥身份，也觉得莫婷这个小撒谎里面有不少道理。张霞、吴欣边收拾衣物边给方杰打招呼。

莫婷觉得应该再解释一下，说："方杰表哥在北京五理工读研究生，回家经过南昌，来这儿看看。"

张霞带羡慕的口气说："名牌大学来的啊。我们的学校没有你的大学气派吧。"

方杰说："五理工也就大一些，两个大学各有特色吧。"

闲聊了一会儿，吴欣应该察觉到方杰不是莫婷的表哥，而是莫婷的男朋友。为了给莫婷方杰在一起的时间，吴欣找了个借口叫上张霞出门去了。

方杰和莫婷在宿舍聊了一会儿之后，莫婷提议他们去外面逛逛。他们不约而同地背起各自的书包，走出宿舍，在校门口沿马路往东走，走到了由北往南的铁路边。他们轻快地沿着铁路向南走，在一个小土包旁坐下。

等到两人打开他们的书包，发现各自准备了祝贺过年的礼物，方杰和莫婷都兴奋得不行。作为女生的莫婷，准备礼物方面有着恋爱中的女人的细心。她拿出了一个画有漂亮小猫的托盘，一叠她多年的照片，和一双手套。莫婷说，早上在火车站看见方杰没有手套，她特意在回大学的路上买了一双。

方杰准备得比较粗略，有些不好意思。方杰没来得及买礼物，只是赠给莫婷自己的两张字画作品，也给莫婷几张照片。

江岸大学校园外

暖和的冬阳下，方杰和莫婷轻快地走在铁路边的小径上。一辆没有顶层的运货火车慢慢驶来，前面一节车厢里的木材堆上，站着三个年轻男子。看到方杰和穿鲜艳羽绒袄的莫婷一起散步，他们仿佛羡慕得要流口水。

一个男子笑着喊叫："你女朋友好漂亮啊，哈哈。"

另一个男子也喊起："亲亲嘴给我们看，哈哈。"

还没有等到方杰二人回过神来，三个男子逗乐，往方杰他们的方向扔木块。

莫婷伸出右手要保护头部，觉得好玩嬉笑道："哎呀，他们向我们扔东西。"

方杰没有发觉什么危险，也觉得好玩，问："他们扔的是什么啊？"

这时候三个男子的车厢已缓慢离去。莫婷说："好像是小块木皮，还好不是石头子。"

方杰放心下来，笑道："你今天穿鲜艳羽绒袄，打扮得漂亮。他们是冲你来的。"

莫婷故作不解，娇嗔地笑道："他们可是对你说话呀。"

"我和一个漂亮姑娘在一起，他们嫉妒了，哈哈。"方杰解释道。

火车慢慢地行驶过去，有点惊魂未定的他们两个，继续在铁路边前行。

江岸大学校外小街

天还没有黑下来，他们两人走在校园外的公路上。方杰感觉有点饿，问莫婷要不要去饭馆吃早一点的晚饭。

莫婷指着路坡下远处紧挨着一片民房的街道，说：

"校南门外有一条小街，我们可以去那吃。"

"好的，你挑个家乡风味的饭馆，当然是我请客。"

怀念家乡菜的方杰，语气有些兴奋。

"不要啦，你是客人，应该是我请你。"莫婷认真地说。

"我是男的，又工作了，你别和我争了，让我难堪。"方杰自信地觉得他请客的理由更充分。

听了方杰的理论，莫婷说：

"那好，我不和你争，让你请客。"

莫婷带方杰来到校南门小街。狭窄的街道上，人来人往；

街道的两旁，布满各式老旧的小店。莫婷选了她和同学来过的一个小馆子，说这儿有好吃的家乡菜。

这是个装修简陋的饭馆，十来张玻璃板盖着的桌子，无规则地摆放在饭馆的房间里。方杰两人在里面角落的一张桌子边坐下。桌子玻璃板下面是黄色的桌布，桌上放有筷子筒餐巾盒和一小壶酱油，旁边的墙上挂写有金字"生意欣荣"的红木匾。

晚饭时间还没有到，这间远近有名的小馆子里，已经有了不少老师学生和市民。饭馆的房间不很宽敞；方杰和莫婷坐下来不久，这里已经挤满了人，一下子喧闹起来。他们点了辣椒炒泥鳅，肉丝炒粉和韭菜蛋汤，三个家乡风味菜。

带满脸的喜悦，方杰开启了他们恢复关系后第一次长谈：

"说说你家里的事情吧？你父母，你弟弟，他们都还好吧？"

莫婷满脸挂着幸福，打开了她的话匣子："他们过得都还可以。我跟你说过，我爸爸是铁路系统工人，我妈妈是小学教师，一家人过得挺好。"

方杰说："我家的情况，我爸爸和两个哥哥是木工手艺人，我爸在一乡镇企业工作；我妈在乡下种田，做家务。我们一家一直住在村子里。"

方杰喜好喝啤酒下菜，劝莫婷也喝一点。莫婷说她很少喝酒，为了两个人在一起高兴答应喝半瓶。酒后吐真言，喝了酒的莫婷说话滔滔不绝，让能说会道的方杰成了她的配角。

莫婷说："我和我爸关系很好，他很娇惯溺爱我。他个高单瘦，在家里属于性格柔和的；他顾虑很多，小心翼翼的，总是怕我在外面遇到什么危险。"

谈起她的爸爸，莫婷看上去有说不完的话，方杰以前也从莫婷那里听到很多她爸爸的情况。

方杰说："照片上看，他年轻时是个帅哥，你个子在女孩子里算高的，身材好脸蛋漂亮，继承了你爸爸很多优点。"

方杰很欣赏莫婷的美貌，觉得应该多夸她让她开心；现在是个好机会，还顺便夸一下她爸爸。

莫婷看上去被方杰夸得美滋滋的，嗔怪地看方杰一眼，说："你先别夸我啰，说我爸妈吧。我妈和我爸各方面有点相反；她矮个子，性格内向冷静，我挺怕她和她的关系不是很好。"

方杰不敢说出，在照片里她妈看上去阴沉没女人味，心想她当年是如何找到个帅丈夫的。

听到这里，方杰想起上一次他们分手的几个原因，担忧地说："你这一说，我开始害怕了。估计哪天和你家人见面，我不好过你妈妈这个关。"

说话直来直去的莫婷，没有注意到方杰对他们的将来的担心，不光同意方杰的看法，还作了进一步的强调："如果我父母对我们的关系有反对意见的话，十有八九会因为我妈。爸会顺着我，我妈那里不容易过关。"

方杰和莫婷喝得都有些醉意，聊得也越发兴奋。脱下羽绒袄，慢慢喝小酒的莫婷，薄薄的淡黄衬衫下面丰乳隐约，甜美的脸蛋微微泛红。方杰对看莫婷，觉得她性感极了，这个时刻美极了，恨不得把莫婷搂在怀里；可惜他们的恋爱关系刚刚恢复，饭馆里也不是亲热的地方。

方杰想忘记他和莫婷不定的未来，要回到莫婷爸爸这个话题："你说你爸爸身体一直不好，是怎么回事？"

莫婷带伤感的语气回答："一想起我爸的身体问题，我就很心酸；他一直有胃炎，身体不好工作上还要干重活，回家还忙里忙外，做饭洗衣服什么都干。倒是我妈命令这命令那，她从小娇生惯养，什么家务活都不会也懒得做。"

提起爸爸和家里的难事，莫婷眼睛里闪着泪花。莫婷以前对方杰说过，她父亲来自农村，出身贫寒，和她母亲是中学同学。她母亲出生在工人家庭，有城镇户口，家境比她父亲好得多。她母亲是家中独生子女，被父母宠爱坏了，没有什么生活技能。父亲出身农村，因为和母亲结婚才在城市居住下来当上工人，可一直也没有得到城市户口，在亲戚同事面前觉得低人一等。正是因为父亲生活的坎坷和身份上让人看不起，父亲把时间集中在爱护家庭和子女上，宠爱莫婷姐弟两个。

看到莫婷伤心地流泪，方杰有些慌忙，一时也不知道怎么安慰他，说："对不起让你伤心了。看来我们的恋爱要谈下去，不会很容易吧。"

"我最担心的是我爸爸的身体，如果我们要做长远打算，或者是你搬到我的城市附近，或者等我父母照顾不了他们自己，他们去北京和我们一起过。谁叫我们这样扯不清呢。"莫婷苦笑地说。

"哈哈，我们是有点扯不清啦。你的两个想法我都不反对，只要你父母同意我们在一起。"方杰也笑了。想起他农村出身，不一定会得到莫婷父母的认可，方杰一阵心酸。

热闹的馆子里吃喝得快活的他们两个，尽情地享受难有的男女间心灵的碰撞，继续他们互诉心肠的畅谈。外面天已经黑下来，饭馆里更添加几分喧哗。吃完饭又闲聊好一会儿后，方杰和莫婷离开饭馆走回校园。他们商量好，各自休息一下夜间再出来一起散步。莫婷回了自己的宿舍，方杰到附近的宿舍楼去看方杰的老乡朋友。

第 17 章 莫婷收拾过年回家的东西

92 年 2 月 南昌江岸大学校园

夜幕下寂静的校园里，莫婷带方杰散步。顺着通往操场的台阶，他们默默地往上走。带着爱意和渴望，方杰伸手搂住莫婷的腰。方杰当时没有意识到，初恋的莫婷，以前没有被男人碰过，她根本没有身体上接触的准备。像遇到坏人袭击，莫婷惊叫一声，推开方杰的手、迅速地闪开。

莫婷语气严厉地说："不要，你不要这样。"

没意料到莫婷的呵斥，方杰脑子里轰然一响，感觉天旋地转。对莫婷的深爱，一下子被她的回绝推向天外，悲愤的气息充塞在方杰胸中。方杰感觉眼前的人不是莫婷，而是一个很凶的路人；她骗取了我的心，现在露出了她可恶的原形，太可怕。以前觉得十分熟悉的面孔，现在觉得如此的陌生。

方杰受不住这个打击，要莫婷走开，愤愤地大步离去，消失在莫婷的视线之外。夜光中莫婷找不到方杰，便慌张起来，不顾忌地大喊："方杰，方杰，方杰？"

方杰回答后，莫婷小心翼翼地说："我不要你碰我，因为我还不了解你。"

方杰不服气地问："我们折腾一年多了，还要了解到什么时候？"

这时他们来到操场北边，方杰还是气愤不已，在附近看台上坐下，后背朝向莫婷。

莫婷开始抽泣："我害怕你这样生气，你转过来看我。"

想起分手又复合的经历，方杰百感交集："我们算了吧，在一起没意思，我要马上坐车回市里。"

莫婷怕怕地说："求求你，你能冷静一下吗。"

方杰恨恨地说："我根本冷静不下来。你说你把心给人家了，结果什么都不给。"

"这只是时间的问题。"莫婷说出她的心里话，让方杰顿时感到慰藉。

听到莫婷的劝说和爱意的表达，方杰的气愤逐渐消解了许多。两人坐在一起，很久没有说话。情绪安定下来后，他们商量了第二天的事情，各自回校园宿舍睡觉。

这个晚上方杰睡觉的地方，是一位学生老乡的宿舍。宿舍里有三张两层的单人床，宿舍里的六个学生中只有方杰的老乡还没有回家度寒假，方杰睡在一张下层的空床上。方杰的老乡关了房间的灯很快睡着了，方杰在床上翻来覆去怎么也不能进入梦乡。

方杰心里对莫婷充满渴望，以为这次夜间散步是一个一亲芳泽的好机会。可没想到这个机会又只是一个泡影，方杰对莫婷的渴望只能继续在心里压抑着。

这一次是莫婷恳求方杰恢复恋爱关系，可在莫婷身体亲近方面是那么的守旧。性饥渴许久的方杰，对莫婷陷入深深的失望。不过方杰也理解莫婷的苦处；莫婷说了多次，她爸爸是个善良心软的好人，但对莫婷的保护却很严格。因为她爸爸的影响，莫婷对男人一直很警惕小心。这次莫婷对方杰抚摸的拒绝，是性格的自然反应。

可方杰是多么渴望和莫婷的肉体上的亲近。莫婷那俏丽的脸蛋，高挑的身材，丰满凸起的前胸和臀部，都让方杰心痒难熬。方杰知道莫婷也很想他们身体上接触，只是她现在要极力克制她的欲望。

方杰对莫婷拒绝他的反应是极其愤怒，也确实有他的理由。这一年多和莫婷的来往，因为他们两地分居的困境和莫婷的写信和打电话时情绪不稳，方杰受多少冤枉罪。到头来他们开始了第二次恋爱关系，她还是这样的固执不让一步，方杰一时感觉莫婷太不讲道理了。

从另外一个角度来看，方杰也不能否认，莫婷是真心爱他。莫婷面临各种各样的困难，本来他们分手了，还能放下她小美人的架子，请求方杰恢复关系。莫婷为了她的一份感情已经够尽力了。她今天这样拒绝方杰，是因为这是她生命中第一次遇到一个男人的抚摸，没有思想准备。希望莫婷会慢慢接受他的亲热。

理解原谅莫婷，耐心一些吧，方杰这样对自己说。再说方杰也没有别的选择，方杰非常喜欢她，他能有这样漂亮有感情的女朋友不容易啊；方杰知道他找对象的条件是不怎么样的。

江岸大学宿舍楼

沿着前一天晚上走过的路，回忆前一天晚上那朦朦的梦一般的和莫婷闹矛盾的情景，方杰有些紧张地走进了女生楼。莫婷的同屋都回家过年了，屋里只剩下莫婷一个人。莫婷正在收拾过年回家的东西。因为昨天晚上的吵架，他们两个心里都还沉甸甸的，没有很多话可说。

莫婷轻声地打开话匣："你来得晚了，过一会儿我可就要去师大同学那了。"

方杰心里还有些郁闷，说："你的好朋友陈茹？才十一点，已经晚了，还以为你全天休息呢。"

"对，去陈茹那。本来我要昨天去，因为你来了，我跟她说要洗衣服，就推迟到今天。"莫婷说。

才知道莫婷要去师大的事，方杰带抱怨的口气说：

"好不容易见面了，没几个小时在一起，又要匆匆离开。这个恋爱怎么谈啊。"

方杰想起昨晚他们的吵架，现在他们又没有时间在一起，很沮丧。

莫婷看上去情绪也不好，又没有力气再吵架，说："我对不起你，我时间安排得仓促。明天是火车票限期的最后一天，我得明天和陈茹一起回老家。"

方杰心想：久久的半年多的等候，好不容易见面，相处不到十几个小时，又要长久分别。重重的离愁别绪涌上他的心头。坐在宿舍中间的长桌旁边，看莫婷收拾东西，方杰又安慰起自己：他们这种两地分居的情况，是他们俩仔细考虑、仔细商谈过的，在一起的时间在公开他们关系以前，有时候会很有限；这又有什么办法呢？还是珍惜他们在一起的不多的时间吧。

方杰问："你家人会到火车站接你吗？"

莫婷这时候正把一件灰蓝色衬衣叠好，放在她旅行箱里，说："一般是我爸来接，可能带上我弟弟。"

方杰有些不解："你妈一般不来接你？"

莫婷说："她一般不来，在家看家。她性格安静，也不愿多走动。"

感觉到他们的情绪开始放松一些，方杰的话也多起来，说："我家在乡下，上大学时候，我回家很多情况是，下火车后一个人坐班车到公社，然后一个人走五里路回家。"

莫婷的心情也好了一些，说："那你回家不方便带很多包包啰，否则走路回家太麻烦。"

方杰说："带很多东西挺麻烦。你可能也理解一些，做个乡下人，比做城里人要难多了。"

莫婷带同情的口气，说："其实我也知道不少；我爸也在农村长大，过了很多苦日子。"

方杰点头说："你说得也对。"

注意到莫婷特意穿了紧身性感衣裤，展示她前凸后翘的曲线，时刻迷恋莫婷的方杰难熬想占有莫婷的冲动。趁莫婷拿东西走过自己面前，方杰冷不丁地从后面抱起莫婷的柔软的身体。一个让方杰喜欢得发疯的女人，方杰一下子兴奋得像浑身触了电。莫婷是平生第一次和男人拥抱，感受到方杰的阳刚气息，她全身发软，半推半就地让方杰揉搓、挤压，脸上逐渐泛起红晕。

面对眼前如花的面庞，方杰心跳加速，不由自主地嘴唇凑了上去，吻上了莫婷娇嫩的唇。莫婷稍微有些抗拒，但迅速放下防备，开始积极回应方杰，沉浸在她生命中的初吻。仿佛时间停滞了一般，两人亲吻的同时，方杰的手从莫婷的腰部滑落到她饱满的臀部，用力地揉搓着。

热烈地亲吻许久后，压抑了许久的原始欲望，使得方杰想更深入的体会莫婷的身体，情不自禁地把右手伸向莫婷身体的下面，贪婪地抓捏着她那个馒头状、充满野性诱惑力的神秘部位。方杰的突然袭击，让莫婷大吃一惊，可又一时抵挡不了方杰的逗弄带来的奇异快感，她的下面立即膨胀湿润起来。

莫婷年轻没有性经验，加上她爸爸多年的对她严格保护，在性爱上有自我防卫的本能。眼看方杰要逼近她的贞洁红线，她用力地推开方杰的右手，说不要这样。极度兴奋中的方杰，被莫婷的拒绝吓醒，反应过来后完全理解莫婷的担心。可是方杰控制不了他的失落感，双手猛推了一下前面的长桌，愤愤地说："你到底要等什么啊。"

看到方杰气愤的样子，莫婷不知所措；等方杰稍微消气以后，莫婷怕怕地对方杰说对不起，目前还不适应这种身体上的亲近。方杰也感觉到自己用情过深过快，应该耐心一些，也对莫婷道了歉。

等到他们平定下来，方杰问："回家以后怎么打算的？"

"主要是和同学们一起玩。"莫婷说。

"我以前大学过年回家，也主要是和同学们一起玩。很想念那些时光，想念那些玩得好的朋友们。"方杰说。

莫婷附和道："我玩得特好得也就两三个同学。你都知道的。"

"你的好友陈茹，和你一样在南昌读书。还要那位你经常讲起的白马王子，又高又帅，在上海读大学，还对你有意思。对不？"方杰说完，后悔提到他可能的情敌。

"不要提那位帅同学了，怕你吃醋。"莫婷听得出方杰言谈带有醋意，她忍不住窃笑起来。

"还有一位好友，也在上海，她和帅同学说不定有戏呢，因为我已经有主了，哈哈。"莫婷继续说。

方杰心想：莫婷说好不提那位帅同学，可偏要拐弯抹角地说到他，还好帅同学的兴趣已经转移了。

第 18 章 这一带是年轻人约会的地方

92 年 4 月 南昌郊外

从江西返回北京后，方杰得到一个回南昌参加一个学术会议的机会。方杰心想，刚刚离别两个月，他又能回家乡看莫婷，感谢老天爷照顾。坐火车到达南昌后的星期日，方杰和莫婷在江岸大学附近的公园玩了大半天。

方杰的一个亲戚许贵住在江岸大学附近的县城，邀请方杰来他家吃顿饭。许贵夫妇有两个调皮的男孩，一个八岁一个六岁。许贵一家住的是县城里一栋两层楼的砖房。

许贵是方杰大嫂的堂弟，被大哥收为木工徒弟，在大哥旁边做了五年木工，也在方杰家住了五年，像是方杰的兄弟一样。许贵对方杰的家事也了如指掌。好运气的许贵，后来他在南昌附近做小官的舅舅，帮他找到了一份城里的工作，算是逃出农门的一个了。

许贵夫妇在他们楼房一层的客厅里，与方杰和莫婷寒暄了一阵子后，招呼他们坐在沙发椅上吃花生米、喝茶。许贵很久没见到方杰，方杰带女朋友来他家做客，他喜笑颜开。许贵问："你大哥现在在哪里做事？"

方杰看到许贵也很开心，说："还是在金山县乡下，有时候和二哥一起。二哥现在是个包公头了。"

方杰向莫婷介绍许贵："许贵以前是大哥的木工徒弟，在金山县工作时一直在我家住。"

　　莫婷和许贵互相问了好。许贵说起了方杰的两个哥哥：

　　"你二哥胆子大，生意也做大了。你大哥相反，人精明，可胆子小。"

　　方杰想起二哥做生意欠债的事，告诉许贵说：

　　"是这样，不过二哥做生意不够顺利，欠了不少债。"

　　许贵问："是吗？你二哥没什么事吧？看来胆子大不一定是好事啊。"

　　方杰说："他要我帮忙呢。我怎么帮啊，我的那点工资，连自己都不够花。"

　　许贵安慰说："你尽力而为吧，帮不了有什么办法呢。"

　　许贵提起以前的事，方杰一下子进入他年少的回忆。方杰出身于木匠世家，他的爸爸从一位亲戚那里学会了木工这门手艺。因为木工是方杰家传下来的谋生手段，家里的男子都要跟爸爸学这门手艺。方杰当年没有学木匠，是中国改革开放，年轻人可以考大学，方杰学习优秀，便走上考大学跳出农门这条路。

　　方杰年少的时候，爸爸大哥二哥，还有姐夫和其他一起做木匠的亲戚如许贵，经常晚上在一起吃饭，然后坐在或躺在前院竹椅竹床上，在月光下休息聊天。

　　许贵对莫婷说："你知道吗，我对方杰一家人可了解了。方杰可是他们当地的名人，上学总是学校第一名，最后考上了中国最好的大学。你以后跟了方杰，可是前途无量。"

　　莫婷笑着说："这些事情，方杰给我吹过好多次了。"

有人在女朋友面前夸赞他，方杰当然心里欢喜，笑呵呵地补充说："许贵哥只是大部分正确，学校里考试我有时候也不是第一名。"

莫婷对男朋友的成就一直很佩服，笑嘻嘻地说："你就别谦虚了。"

许贵继续夸赞道："方杰从小多才多艺，会画画会吹笛子。我还记得你画的毛主席像，很像的，那时你上小学吧？"

方杰说："好像是小学四五年级，当时十二三岁吧。那个时候，我也开始学吹笛子。"

许贵说："我还记得晚上在村子里，月亮很大，很多人坐在你家前院乘凉，你跟着那个浙江移民老头学吹笛子。"

吹笛子是方杰的一大爱好，谈起吹笛子方杰很兴奋，说：

"对了，我吹竹笛是从那个浙江人那里学的，他笛子吹得很好。后来我也向我的小学数学老师学。"

许贵和老婆出去买菜了，他们让方杰和莫婷到二楼的卧室休息一下，告诉他们他们的两个小孩会在楼下做功课。方杰和莫婷到二楼卧室关上门后，在窗户旁边的沙发上方杰迫不及待地拥抱莫婷。莫婷开始习惯了他们的亲热，任方杰在她的身体上下忘情地探索。

性爱上饥渴的不老实的方杰，又找机会突破莫婷划下的界线，兴奋得发抖的右手又奋力地摸索到莫婷的下体。莫婷坚守她的原则，使劲把方杰的右手推开。方杰也觉得他兴奋得过头，停下来对莫婷说对不起。

方杰把右手收回来，指头间一层滑腻的液体，让方杰觉得太刺激，赶紧又拼命地抚摸亲吻起莫婷来。两个人正忙着享受肌肤的亲密，莫婷敏感的直觉让她往他们身后的窗户望去，发现两个小孩正站在窗口旁边偷看他们。莫婷大吃一惊，慌忙让方杰停止，叫小孩们不要调皮。小孩们嘻嘻地笑着跑楼下去了。

南昌市中心

这天晚上，方杰回到南昌市中心，在老乡朋友孙启的工作单位宿舍住了一夜。第二天下午，方杰和孙启在市中心街边小饭馆喝小酒。南昌早春的傍晚，天气温和，饭馆街边的步行道人来人往。方杰和孙启在饭馆外的小桌旁坐下，吃起他们都喜欢的青葱炒牛肉片，喝起青岛啤酒。

孙启是方杰童年时候认识的朋友，邻村孙家村人；他们小学的时候是同学。因为孙启的妈妈是方家村人，孙启经常和方杰等几个方家同龄朋友一起玩耍。后来方杰一家搬到附近的金山县，他们十多年没有接触。方杰上大学期间，方杰父母和大哥搬回方家村后，方杰从北京回家每次都和孙启和他们几个方家朋友聚会聊天。

方杰用筷子夹块牛肉，喝口啤酒，想起孙启的窄小住处，问：

"你还是大学老师呢，住的地方也太小了，不到五平米吧？"

孙启往嘴里灌口啤酒后，说："哪有五平米啊。其实是三平米；你看到了，放张单人床几乎没有别的地方了。"

方杰继续问："这房间还建在住宿楼的楼梯下面，估计以前是个储存室吧？"

孙启说："对的。我刚分配到这里做讲师，系里还没有帮我找到房子，只好暂时将就了。"

方杰说："城市住房是个大问题，北京上海人多，更难办。我在北京国家机关单位，研究生待遇只能分到一个八平米的房间，和两对夫妻合住一个公寓。"

孙启说："你至少分到房子了，我现在只能住储存室呢。"

方杰说："下一步如果结婚的话，估计分到个十多平米单间宿舍。我们的副所长，副局级干部，只有一百多平米的住房。"

两个人吃喝聊着，观看街上来来往往的人群和车流，老乡见老乡，两眼泪汪汪，倒是十分的开心。安静了一会儿，孙启提起了另一个话题。

孙启看似犹豫地说："说起我的住处，你昨天晚上睡得很熟吧？"

方杰打趣回答："是。可能是因为白天和莫婷谈恋爱谈累了吧。"

孙启笑了，话中有话："你没有累吧，半夜还很有力气的。"

方杰有些迷惑，问："你小子说什么啊？"

孙启显出好玩的微笑，说："你半夜的时候，拼命地抓我的身体，嘴里叫着莫婷。起先把我吓坏了，马上又觉得是你和莫婷热恋的原因，梦里还和莫婷纠缠呢。哈哈。"

方杰听了很吃惊，说："真的，还真有这事吗？我那样抓你，不可能吧。"

孙启说："这事我骗你干啥，再说编也编不出来。"

方杰满脸尴尬，说："那实在冒犯了，真不好意思。抱歉抱歉。"

孙启说："不用，不用抱歉啦，你又不是故意的。"

南昌八一广场

八一广场位于南昌的市中心，晚饭后这一带人山人海、热闹非凡。方杰莫婷约好在广场见面，约会完再各自回到学校和旅馆。广场西路上汽车单车，拥挤得像装满沟渠的水，缓缓流动。

吃完饭，交谈得尽兴的他们俩，走到广场西北角的台阶上坐下。聊了一阵子，他们的话题，跑到了方杰小时候的生活。

莫婷左肩靠方杰，看来广场上回走动的人们，柔和地问方杰："你小时候在村子里喜欢玩什么啊。"

方杰搂紧莫婷的腰部，享受眼前热闹的夜景，感觉好极了，兴奋地说："太多了，其中活动都和水有关，尤其是和水里的鱼有关。"

莫婷说："我也去过城市郊外稻田里捉鱼，很好玩。"

方杰津津有味地回忆道："当年在我村子里，捉鱼的办法很多。有一种办法，是在小水坝的上面，放一个鱼篓子。将要产籽的鱼会逆水流而上，刚好掉进篓子里。"

莫婷附和道："这个活动好玩。"

方杰边回忆边说："好玩是好玩，可有时也会玩出小事故。"

方杰讲起一次他因为玩水捉鱼受伤的事："记得是一年的初春，天气开始暖和起来。我当时只有四五岁，和两个朋友在村外的水沟里玩耍。他们在沟里水坝的上游安装鱼篓子。"

"鱼篓子是什么玩意啊？"莫婷觉得有趣，很认真地问。

"哦这个很有意思，我现在还解释不了科学上的原因。春天在水沟里的鱼妈妈们，为了生小孩她们要在水里逆流而上，不断地跳跃。这样她们才能在水里产出鱼卵，生鱼小孩。"

"是吗？太神奇了!这些我以前还真没有听说过。"

方杰继续讲道："我们把鱼篓子放在流动的沟水的上游，鱼会跳进去；这样我们可以用篓子捉到很多鱼。"

"现在明白了，原来可以这样捉鱼"

"不幸的是，那天和小朋友们一起捉鱼的时候，年少不懂事的我口里含一条小树枝。我和小朋友乱跑，不小心掉进沟里。"

"哎呀，你口里还含树枝，那掉到沟里多危险啊。"莫婷吃惊地问。

“是呀，那树枝刺入我的喉咙，现在想起来还觉得恐怖。”

“那你喉咙受伤严重吗？”

“挺严重的，我口里大量出血。一个小朋友跑回村告诉我妈。我妈看到我快吓死，呼天喊地。村里的赤脚医生也来了，让我含止血药片。”

莫婷关心地问：“后来你的伤好了吧？”

“还好树枝在我喉咙里没有刺很深，去公社医疗站看两三次大夫后，我的喉咙治好。”

方杰继续道：“这事回忆起来好玩，当时发生的时候很惨。我妈那些天操心死了。这事我只有模糊的记忆，二十多年里妈妈提起无数次。”

莫婷微笑说：“这个事故当时很可怕，现在回忆起来却很有趣，你以后如果写书，把这个故事也加进去。”

方杰说：“好主意，把我们这段谈话写进去，有趣也浪漫。哈哈。”

莫婷笑嘻嘻责怪道：“你这个人，总是扯到男女之情上去。”

方杰说：“嗯我坦白交代，这些天确实天天想你，想我们的男女之情。你也老实说吧，是不是也总是想我啊。你那封情书写得多动人啊。”

莫婷有些不好意思，撒娇地推了一下方杰：“去你的吧，想得美。”

南昌赣江边公园

江南的早春，温暖的阳光洒满地面。赣江边的公园里鲜花烂漫，绿树成荫，和风习习。湖泊上荷叶环绕，舟船缓缓前行。来到湖边的柳林旁，方杰和莫婷一前一后在草地坐下。

经历了不让方杰碰她的吵架后，莫婷开始认可两人之间的亲热。方杰问能不能抱着莫婷；犹豫了一下，莫婷顺服地依偎在方杰的怀中。

两个人沉浸于身体心灵的拥抱，享受热烈的爱。这一带是年轻人约会的地方，周围有很多也在拥抱亲吻的双双对对。在莫婷酥软肌肤的诱惑下，方杰的下体坚挺地顶靠莫婷的丰臀；莫婷感觉怪怪，娇嗔地笑道：

"这硬硬的东西是什么呀"。

方杰不老实的右手，从莫婷的衣裙探入、不停地移动，从柔软有弹性的胸部摸到神秘湿润的下面。莫婷试图说不要，可抵抗不了两人的激情，羞笑着喃喃地抱怨：

"你这样摸，我以后没有人要了。"

他们天昏地暗地搂抱亲吻聊天，渐渐地意识到在一起的一天快要过去，他们的短暂相会又要结束，面临的将又是几个月的分离。

"你回北京后不会把我忘了吧?"想着很快要与方杰告别，莫婷深情地望方杰。

"怎么会忘了你这个大美人呢。你这么有魔力，我想忘也忘不了呀。"方杰也感慨良多，动情地回答。

"北京那么个大地方，有多少漂亮女人，你这个国家机关干部，要当心啊。"不让告别心情影响他们在一起的快乐，莫婷半开起玩笑来。

方杰也强打起精神，说：

"好了好了，不用操心，我会耐心地等待我的小魔女。"

换了不同的搂抱姿势，莫婷安静地斜躺在方杰怀里。两个人对望着，仿佛有说不完的话。莫婷说：

"一直向往去北京看你。在我看来，北京是个遥远的梦幻都市，在那里约会有多浪漫啊。"

方杰说："那下一次见面你来北京吧，你会很喜欢。北京的几个大景点挺壮观，比如我办公楼旁边的十里长安街，还有我在那里奋斗了七八年的五道口理工。"方杰自豪地提起他工作学习的地方。

"那些有名的地方，我只是在图片和电视电影里看到，好羡慕啊。你在北京学习工作，添加了你在我心中的神秘感，嘻嘻。"莫婷说。

"哈哈，原来你喜欢我是因为我在北京，不是因为我是个优秀人物。"

"好了别瞎扯了，你知道我喜欢你这个人的。"莫婷娇嗔动情地说。

一对年青情侣在他们前面走过，女孩穿着前卫，方杰情不自禁地瞅了一眼。莫婷注意到方杰短暂的走神，玩笑地说：

"不许偷看"。

方杰打趣回答："遵令，警察同志"。

方杰接着说："好啦，继续说北京的伟大吧。其实我觉得北京的魅力，很多是一种心理作用。一旦过上北京的日常生活，其实和其他地方没有什么不同。我有时觉得还是在家乡村子里住，过得美好自在。"

莫婷有同感："是这样，以前也觉得南昌了不起，呆下来后又觉得也就那么回事。还是觉得我家乡小城市好。"

方杰边思索边说："人的心理是很奇怪。以前去北京、住五道口理工的新鲜感一旦过去，我注意的不是北京、五理工的壮丽美妙，而是每天的学习工作生活的辛劳，周围日常事物的无聊和枯燥。身在福中不知福。"

"对南昌，我也有同感。"

"在五理工上学有三四年，我游了一次长城后根本没有兴趣再去看看。后来再一次去长城，还是因为高中同学的哥哥来北京旅游，我陪他去。还有，一旦生活安定下来，接触的都是普通平淡的环境，办公室呀地铁公寓楼呀，柴米油盐鸡毛蒜皮的各种小事，根本没有时间情绪去诗意地欣赏大都市的宏伟繁华。"

方杰的哲学家口才又如脱缰之马，意识到自己扯远了，方杰嘎然而止，问起莫婷。

"对不起，我又大放厥词了，你不厌烦吧？"

"你知道我喜欢你口若悬河滔滔不绝的，再说你也不总是这样。我有时候也在你面前滔滔不绝，你见识过的。"

"哈哈，见识过。多愁善感的莫婷像变了个人似的，我插不进话。我也喜欢听你开心地说话，欣赏你说得喜笑颜开的样子。"

他们停顿了一会儿后，莫婷动情地说："喜欢我们这样在一起的时间，美好的风景，开心的逛公园人群，我们俩靠在一起。要是时间不匆匆而过，而停止下来冰冻起来，那多好啊。"

方杰说："你也哲学起来啦，说得真好，也是我想说的。"

聊着聊着，他们注意到很快是告别的时间了。他们伤感地谈起远在天边的两地分居，书信电话里再热烈缠绵也不能有身体上的安抚。恋恋不舍的莫婷眼泪哗哗地流出，方杰也拟制不住泪水。莫婷双手挽住方杰的脖子，他们痴迷地亲吻，脸上满是眼泪。他们悲伤地互相道别，面临今后几个月相思的折磨。

第 19 章 火车慢慢开动 他们默默对望着

93 年 2 月 江西宜乡市郊外

去莫婷家拜访她的父母，是方杰一生中难忘的一件大事。方杰和莫婷对他们的恋爱关系已有一定的把握，他们面临尽快让方杰和莫婷父母见面的现实。

那时候的中国，尽管已经改革开放多年，年轻人找对象很多要得到父母的批准；莫婷的情况更是如此。莫婷一辈子得到父亲的宠爱，父亲不同意的男人她不会继续交往。莫婷的母亲是个孤言寡语又让莫婷害怕的人，母亲不同意的婚事不可能实现。

方杰是历练少内心不够强大的年轻人。他从知名大学毕业，有个国家机关的好工作，这些成就不能为方杰建立起坚固社会地位和良好的自我感觉。社会对一个人的估值是全面的；你事业成功是好事，可你的身高相貌、家庭出身等条件也很重要。在中国你要是农村出身，和在美国是非洲南美洲人种出身相似，你永远受到或明或暗的歧视。莫婷尽管喜欢方杰，她时而会提起方杰的农村人出身可能不会得到她父母的接受。

方杰心想，如果上天能够观察到人间的每一个人的每一件事，上天会很同情这个内心里面临险境而孤立无援的年轻单瘦的方杰。方杰的家庭没有权没有钱，方杰也不是高大潇洒的帅哥。更难办的是，尽管方杰从小是个学习优秀的学生，方杰没能培养起控制艰难的社交场面的信心和能力。

方杰要去拜访莫婷的父母，这时的感觉是好像他被扔进古罗马斗兽场，体力勇气不支的他手握短剑，面对凶残的猛兽没有后退之路。

方杰在宜乡下火车，坐公共汽车来到莫婷家的住宅区。这是个铁路工人住宅区，坐落在城市的边缘。林林总总大小不一的砖瓦房，散布在断断续续的树林之间。通往莫婷家的是一条石板小路，路旁边树木葱郁。

走在这条景色宜人的路上，方杰却感觉这是他平生最尴尬最难熬的时候。方杰知道莫婷父母不很同意他们谈恋爱，莫婷做了很多工作，才得到让方杰来看她父母的宝贵机会。他们恋爱的成功与否，就看方杰这次给莫婷父母的印象了。

莫婷的家是栋老旧的砖瓦房，房子的前门坐落在石头小路的尽头，周围也没有邻居，房子周围寂静得让人感觉有些孤单。这个一层房子里有起居厅主卧室等四个房间。房子的后面是个小院子，院子旁边是另建的厨房和卫生间。心情紧张的方杰，来到莫婷的家门口，敲了几声门。焦急地等了许久的莫婷，兴奋打开前门迎接方杰。

莫婷带方杰来到后院厨房，把方杰介绍给正在准备午饭的父母。正像方杰在照片里看到的，莫婷的父亲高个清瘦性格和气，母亲矮小冷静很少说话。莫婷的父母总算见到了方杰，看出方杰尽管紧张有点不自在，但显得面善斯文诚实。

和莫婷一家人吃完一顿简单的午饭，方杰和莫婷在外面走路。这天莫婷穿短式深红羽绒袄和紧身黑长裤，在冬天的天气里仍然展现她让方杰眼馋的曲线。方杰说了几次要抓她的性感屁股，莫婷每次撒娇地拒绝。

她们来到一栋大砖墙房子的后面，周围没有一个人。莫婷在前方杰在后，他们在墙旁边的一个铺着草皮的小土包上坐下。方杰从后面抱住莫婷，欣赏莫婷的温情和喷过香水的女人味道。

情不自禁地，方杰的右手颤抖地抚摸起莫婷丰满的胸部和滑嫩的下面，沉迷在快乐中。莫婷感觉浑身酥软，下体热热的痒痒的，享受方杰的挑逗和摩擦。

这时莫婷故作没事的样子提起一件事："我中学同学郭军给我写信了。"

方杰听到莫婷的话，心里马上警惕起来；不过他觉得过度反应也没有用，装作没事似的说："信里都说了什么啊。"

"他和一个女同学好了。他不敢明说，但我看得出来他还暗恋着我，哈哈。"

方杰这时人的心里很奇怪的，除了有些吃醋，还觉得他身处一种想象中的四角恋中，有些刺激。方杰轻声地说："只要你继续跟我好，我尽量不吃醋。他还说了什么。"

"他变着法子夸我好看，有气质，哈哈。"

"说实话我有点吃醋，但我不怕他奉承你。我怕的是你也对他有意思。"

"我现在有你，对别人有意思不道德，我不会。不过我如果没有你，我可以考虑吧，哈哈。”

方杰放心地说：“如果我们没有关系，我想管也管不了你啊。”

晚饭后在莫婷父亲提议下，他们在简陋的起居厅喝茶谈方杰莫婷的事；莫婷十岁的小弟去了他的房间做功课。莫婷的爸妈各自坐在房间北边的沙发椅子上；房间中心是张木质小茶桌，莫婷方杰坐在茶桌南边的两个小凳子上；他们两个大部分时间低头听莫婷的爸爸讲话，莫婷的妈妈则长时间沉默不语。

莫婷的爸爸作了开场白后，方杰提到莫婷让同学写的，请求恢复恋爱关系的信，并且把这封信交给莫婷的父母看。莫婷的求爱信的感人段落之一这样写道：

这一段时间里，她想尽了办法，要忘记这一段感情，以为时间会洗刷一切；可她做不到。几个月过去了，她放不下你们那段爱，常常夜不能寐。她前思后想长时间后，叫我帮她写这封信，告诉你她还深深地爱着你，想问你能否再给她一次机会。

莫婷的父母看完了信，方杰开始说话：“叔叔婶婶，从信里你们已经看到，莫婷本来觉得谈不下去，拒绝了我。可是时间久了，她忘记不了这份感情，才给我写了这封感人的长信，请求恢复我们的恋爱关系。”

面对仿佛是他平生压力最大的谈话，方杰心里在颤抖。在表情上方杰只是显露出稍微的紧张。

莫婷爸说："我们知道你们是有感情的，你也是个很优秀有前途的人。可作为做父母的，这是莫婷的终身大事，我们要为她考虑很多实际的事情。比如说，以后你们各居一方，怎么解决两地分居的问题呢？"

听到莫婷爸这些话，方杰心想：正像莫婷说的，她爸确实是个善良讲道理的人。

方杰说："这个我和莫婷商量了。前一段时间是会有些困难，我们大部分时间不能在一起。等到两年后莫婷毕业，我们会好好想办法。如果我们结婚了，莫婷可以申请来北京居住，或者我可以想办法调到江西工作。"

莫婷爸说："还有，不是我们歧视农村人，是丑话说在前面。你是乡下来的，没有什么家底子，现在年轻人结婚很花钱，什么几大件啊；莫婷在城里长大，以后要去接济乡下亲人，拜访乡下亲友，她可能会很不习惯。"

"爸，我要是喜欢方杰，我不会在乎这些小事。"莫婷埋怨地接话道。

莫婷爸继续说："现在看起来是小事，以后生活在一起很多变成了大事。我一个同事的女儿，因为农村来的丈夫卫生习惯不好，还总是要寄很多钱给家人亲戚，后来闹离婚了。"

"叔叔说的城乡差别，我很清楚的，因为我生活在其中，经常为这个事情受歧视、苦恼。这个是我的实际情况，我改变不了。我能改的是努力工作，如果能和莫婷在一起，好好照顾她，一起创造更好的未来。当然，最后我和莫婷能不能走到一起，还是莫婷和叔叔婶婶权衡各方面后的决定。"

面临中国传统的城里人对农村人的歧视，方杰几乎快麻木了，只能面对现实，敢怒不敢言。

莫婷爸说："当然话要说回来，也有很多农村城市人的结合成功了，主要还是靠夫妻两个人的感情和努力。我也是农村出身的，找了莫婷她妈这个城里人，我了解你的处境。"

莫婷爸看了莫婷妈一下，莫婷妈自始至终镇定冷漠，慢慢地喝茶，一言不发。听到莫婷爸主动提起他的农村人出身，方杰很是吃惊，也感觉到被重要人物理解的欣慰。

江西宜乡市

次日早上，趁莫婷父母做早餐的时候，莫婷叫上方杰，一起去外面走路。房屋后面的胡同里，天色灰暗，气温寒冷。穿得单薄的两个人，冷得身体直打哆嗦。昨天晚上与莫婷的父母长时间谈话后，方杰和莫婷很疲惫，一起走了许久没说什么话。

"我昨晚和爸妈谈了。"莫婷带闷闷不乐的口气对方杰说。

"谈了我们的事？他们怎么说。"方杰怕怕地问。

"我爸爸勉强同意，觉得你人好，学业事业杰出。"

"那你妈妈呢？"方杰迫不及待地问。

莫婷伤心地说："我妈妈反对，很反对。"

方杰十分地沮丧，问："为什么啊？"

“你是农村来的，结婚买不起几大件，我们不般配。”

“农村人受歧视，我没想到这么残酷。”方杰感觉仿佛坠入万丈深渊。

莫婷恨恨地说：“我妈老封建，要门当户对。”

听到这里，方杰的心完全凉了下来。方杰问：“那你是怎么想的？又要分手吗？”

“我们谈不下去了，我对不起你。”

“上名牌大学，在北京有好工作，还配不上小地方的工人家庭？老天爷你评评理啊。”方杰高声悲愤地自言自语。

莫婷知道这事对方杰的打击会有多大，关心地劝道：

“方杰你不要太伤心。”

“你再好好想想，我们刚刚恢复了关系。”方杰还是不想放弃他的一线希望，毕竟他们的感情很深。

“我有很多难处，方杰真对不起你。”莫婷悲伤而又坚定地回答，控不住低头流起泪水。

又一次面对和莫婷分手的残酷现实，方杰伤心得身体发虚，告诉莫婷没力气也没脸面回到她的家，要尽快逃离这个地方，一个人直接去火车站；方杰放在她家的背包，莫婷怎么处置都行。一样悲伤的莫婷，哀求要送方杰到火车站。方杰说：“一切都无所谓了，随你的便吧”。

宜乡市火车站

方杰和莫婷坐公共汽车去火车站，一路上他们尴尬地低头不语。热恋的情人，一瞬间成了陌生男女，他们不方便也没必要搭话。

冬天里小城市的火车站，且是早晨时间，站台上寒风刺骨，空荡荡的只有屈指可数的几个旅客。方杰闷闷地走进车厢，找到座位后，在窗口木纳地注视着也是面无表情的莫婷。

广播里播报，列车马上要离站了。莫婷想起，这是和方杰永远分离的一刻，下意识地觉得需要做点什么。她快速地走到附近的食品摊，买了两颗苹果，话也不说递给在窗户旁边的方杰，脸上两行泪水哗哗下流。

看到这一切，方杰仿佛如梦方醒，匆匆接过苹果，也控制不住自己的眼泪。方杰旁边的几位旅客，目睹眼前发生的一切，简直不敢相信自己的眼睛。

火车慢慢地开动，方杰和莫婷默默地对望着，震撼悲伤迷惑中，他们没有挥手，没有互相道别。

第 6 集 安娜 1993 年 · 北京

安娜　你会回来的

第 20 章 安娜寄来一封信问候方杰

3 月 北京王府井大街饭馆

一个星期日下午，谷欣去王府井大街新华书店买书，方杰到办公室有些事，答应下班后和谷欣一起去王府井逛书店吃晚饭。他们在巨大的新华书店呆了许久，买了几本社科学术书籍。方杰他们走出书店，才发现已经是夜晚时间。大街上商店橱窗里，灯光通明；大街两旁的人行道上人来人往。他们在书店北边的一家南方菜小饭馆坐下，点了两道菜喝起小酒。

方杰前不久在电话里简单向谷欣提过，他和莫婷刚刚分手。聊了一会儿，谷欣关心地问起方杰和莫婷的事。好一段时间没有和人提起这件事，方杰以为他已经不在乎了。可方杰没想到内心的酸痛还在，谷欣这一问让他难以自制，顿时伤心得想掉眼泪。为不在公共场合显得难堪，方杰强制心里的波涛汹涌，镇静地讲述他和莫婷分手的经历。

"失恋真难啊。刚开始还以为会很快过去，这都一个多月了，心里还是很难受。"

方杰喝一口啤酒，边感叹边看窗外来往的人群。谷欣留意到方杰的伤感的语气，用过来人的口吻安慰说：

"我的经验，当然会痛苦的，但慢慢会过去。"

"在她家乡的火车站告别，很惨的，我们两个人都掉眼泪了。离开火车站后，我一直像做梦。我后来在离我家乡不远的旅馆休息稳定一下情绪，脑子空空的，像行尸走肉；不记得是怎么到达离开旅馆的，吃了什么，大部分时间是硬挺地躺在床上。"

谷欣说他也有过凄惨的失恋经历，很能理解方杰的心情。

"还好你没有悲伤得寻短见，我曾经有这个想法的"。

方杰说："这种情况下，你什么逃脱悲伤的办法都会想起。当然想起离开这个该死的世界，并且很多天都会想到这个途径。不过我这个人，贪生怕死，又想起家有老父老母，怎么也不会去做。"

方杰本来不想提到自己有过轻生的念头，现在听到谷欣讲他的经验，干脆也坦白地说出来，一下子觉得如释负重。

"我本科的一个哥们，有些抑郁症，老是闷闷不乐，甚至想过寻短见；说一想起他可怜的老母亲，就根本没有勇气。"谷欣接着说。

"到了我老家的火车站，我大哥接我。记得和我大哥走七八里路，很长一段是在田埂上走，我在和我哥说话，不过我心里完全在另外一个世界，好像脑子里面有两个人。当时太悲痛，也不想让家人不开心，没有告诉他们。"

方杰边说边思想，在田埂上跟大哥回家的这段经历，还历历在目。

"过年后回北京呢？这事过了一些天数，总会好一些吧。"谷欣问。

"你说得对，再大的痛苦，也会在时间的冲洗下慢慢地减轻，慢慢地消去。回到北京后，我心情上渐渐恢复正常，尽管现在提起来仍然有点伤心。"

"这次分手还是她母亲不同意吧？"

"主要还是她母亲不同意。我们两地分居也是个大问题，莫婷父亲溺爱她不反对莫婷的决定，可是莫婷知道她父亲身体一直不好，她应该尽量回到父母身边。"

"那你们没有考虑过你调动到江西工作？"谷欣继续问。

在回答谷欣的这个问题之前，方杰的内心又重复了他在调动工作上的艰难的纠结。中国人在对待不同居住地方的等级是那样的清晰和不妥协，就是二十一世纪二十年代，中国的城市还是分成一二三四五线。工作生活在一线城市的人是很不愿意搬迁到二三线城市的，更不用说到四五线城市。

在那个时候莫婷的家乡宜乡该算五六线城市，而且当时城市间的差别比现在大太多。当时在北京城市的很多地方已经现代化，王府井的商场的光鲜已经和方杰在照片上看到的香港美国相近。相比之下宜乡的简陋和土气和当初贫穷的农村好不了多少。

"考虑过了，不过确实很难，"方杰若有所思地回答，"一般人放弃北京到省城南昌都做不到，别说我从北京国家机关搬到一个县级城市了。莫婷也不让我做，她欣赏我的原因之一是我在首都北京工作。不过我也没有完全说不，如果我们的关系坚固了，没有了别的办法，我会考虑调动到宜乡市工作。"

5月　五道口语言学院

与莫婷第二次分手，对方杰的打击很大；方杰感觉如大病一场，仿佛永无天日。后来方杰慢慢地发现，时间是最好的疗伤办法；起初激烈的悲痛逐渐减轻，近乎消失。取而代之的是，方杰生活中的难题回到孤独寂寞，对女人的需要，找对象时钟的催促。

安娜和方杰上一次告别的时候，要继续保持朋友关系。方杰难以接受藕断丝连的来往，只同意偶尔的书信联系。与莫婷分手几个月了，方杰开始怀念与安娜在一起的愉快和激情。巧恰这个时候，安娜寄来一封信问候方杰。方杰很快给安娜打了电话，问能不能见面聊聊。安娜也还是形单影只，她本来是不要和方杰分手的，在电话里爽快地同意了。

方杰来到安娜的宿舍，安娜的语言学院同屋丽萨答应帮安娜的忙，把宿舍让给安娜，晚上出去看朋友。许久不见还有深切感情的方杰和安娜，见面没说上话便拥抱在一起。安娜含着眼泪，方杰也一阵心酸，两个人动情地对望，情不自禁地用力亲吻起来。深藏多月的爱情又燃烧了起来，方杰和安娜再次不可救药地坠入爱河。

方杰边亲吻安娜，边动情地说："这一段很想你，真怕你不让我来看你。"

脸上流泪水的安娜，喃喃地说："我也很想你，别忘记不是我要分手的。"

"现在只想和你在一起，结不结婚我没关系。"方杰说。很明显方杰对他以前的要恋爱就要结婚的原则不那么坚持了。

安娜说："我也想和你在一起，结婚的事我考虑了很久。"

"因为你的反对，我近期在婚姻问题上真想得不多。"方杰说。因为他们分手的感情上的打击，关于婚姻方杰感觉无所谓了，也就没有往深处想。

与方杰有前女朋友一样，安娜过去在加拿大已经谈过两次恋爱。在加拿大谈恋爱，要像在中国当夫妻一样，居住生活在一起。安娜对恋爱婚姻的思考，比方杰要深入成熟得多。

安娜继续说："还是我以前对你说的，婚姻太严肃，这是我为什么不敢结婚的原因。我妈妈常常对我说，要结婚就不要考虑离婚，婚姻是永远的。"

安娜还对方杰解释道，加拿大一些人严格的婚姻习俗和西方的基督教传统有关，基督教认为婚姻是神圣的。

方杰吃惊地说："是吗？"心想：我和安娜相比，对婚姻恋爱的想法确实简单天真的多。

安娜说："我见到不少婚姻破裂，也读过很多小说和理论的书。婚姻是很复杂。我以前见到的有丈夫打老婆离婚，妻子偷情离婚。他们结婚的时候都很幸福。"

方杰颇有同感，说："我的生活里也见到结了婚的女同事和别的男人好起来，同村里的有老公的女人勾搭年青男子。"

方杰心想：原来安娜不敢结婚是因为她心中的婚姻比我心中的婚姻严肃很多，她比我更看重婚姻。

311 公共汽车

和安娜告别、离开语言学院已经很晚，方杰要坐 311 公共汽车再坐地铁回到他在古城的住处，有两个小时的时间思考刚刚发生的生活里的巨变。安娜这次见面时在婚姻问题上态度的改变，让方杰感觉又惊又喜。方杰没想到安娜对不结婚的坚决有了松动，对结婚这个想法也不怎么反对。

方杰原来要走的路，是放弃不想结婚的安娜、继续寻找合适的恋爱对象。可现实情况不是方杰想象的那样如意；几个月下来，一个合适的对象的影子也没有见到。方杰想起一个北京老同学和二十多个女人见了面，还没有找到一个合适的恋爱对象。方杰意识到他这个很多方面条件都不及格的外地人，要在北京找个对象真比登天还难。前女友莫婷是永远没戏了，安娜是方杰唯一的现实存在可以交往的女人。

方杰几个月前决定和安娜分手是因为在婚姻问题上达不到一致。可是分手的时候方杰也不能确定分手对他是件好事还是件坏事。为什么一定要结婚呢？为什么不能再等一段时间，等到他们之间的感情更深更牢固再讨论结婚的事呢？再说不结婚又怎么样？只要他们的感情在，两个人像西方流行的办法一样，保持感情关系很久以后甚至永远不结婚，总比失去他钟情的女人更好吧。

方杰没有料想到的是，看来安娜这几个月也进行了相似的思想斗争，像方杰一样做出了退让一步的决定，并且安娜是让出了很大的一步。为了留住她深深喜欢的方杰，安娜居然开始考虑以前根本不想考虑的结婚这条路。

劲松区公寓楼

又是到周末才有的见面时间，方杰和安娜心急如火地盼望回到公寓的一刻。爬完十五层楼后，他们顾不得已气喘吁吁，急切地脱去衣服，快速地爬到床上，使劲地抚摸亲吻。谈恋爱一年多，因为方杰的顾虑，他们约会时的欲望如干柴烈火，可还没有尝到做爱的狂欢。

这时方杰已经激动不已，下体硬邦邦的。安娜的下边也被方杰挑逗得湿透了。还是因为方杰的犹豫，他们忍受求欢欲的煎熬。

"太想进去了，可我们还没有结婚啊。"方杰说。

"你心里没准备好，我能理解。"安娜说。

互相欣赏身体的爱，享受对下体的抚慰，他们都激动得浑身发抖。方杰要让膨胀勃起的下体在安娜的下身外面按摩，安娜也渴望得等待不了，很快顺从。几个回合之后，两人都兴奋得不自主地抽搐呻吟，可怜的方杰没办法把持自己，边哀求安娜的允许，边长驱直入地进入到她的里面。

平生第一次亢奋地插进女人，方杰沉迷失落在美妙的天堂。方杰使命地上下抽插，安娜忘情地迎合方杰；两人大汗淋漓，体验不可言状的快感。后来方杰按捺不住了，边呼喊边爽快地把自己完全地释放给安娜。方杰抽搐，安娜也抽搐，两人享受绝美的快乐浪潮。

事情完成之后，两人舒服地躺在床上，安娜不多久便睡着了。方杰身体是疲劳，可心情上还在兴奋之中，回味这个难忘的夜晚。

像其它男人一样，方杰从小到大一直向往这个第一次进入女人的时刻。中国改革开放以前，方杰记得性爱是个很少有人提起的禁忌话题。偶尔有人提起的时候，也是胆子大的同龄男孩不着边际地胡说。得到第一本书讲性知识的书《青春期卫生》，方杰爱不释手，偷偷地读了许多遍，越发渴望和女人亲热。

从十五六岁开始有很强的性意识，到现在二十七八岁，方杰仿佛在性欲望的煎熬中度过了十多年。方杰一直多么想望能爱上个女人，和她做起巫山云雨的快活事。方杰做梦也不会想到，让方杰生命中第一次得到性爱的满足的女人，竟然是个外国来的金发女郎。

从同学朋友那里、在书刊报纸上，方杰了解到一个人第一次的性爱经验是很不同，有好的有坏的有激情的有平淡的。方杰觉得和安娜的做爱很新奇很享受，尽管不是他想象中那样完美。方杰知道这事对安娜不是第一次，她说她很享受，她很长时间没有碰过男人。安娜一个人在中国这个巨大的陌生国家，她其实和方杰一样孤独、一样需要肌肤之亲。

在方杰看来，安娜和方杰的前女友莫婷有同等的美貌，也有好身材好气质，她们都让方杰迅速地坠入爱河。可是她们又是何等的不同，安娜多了西方美人的热烈的曲线美和西方女人的新奇感。

莫婷的身体有东方女人的苗条美，安娜的身体则有西洋女人的丰满美。这个区别在中西人体绘画和电影中表现的淋漓尽致。方杰在大学里听过西方古典美术讲座，看到油画里丰腴的西方女人口水直流。

现在方杰的恋人居然是个西方女人，像西洋油画里的典雅性感的西方女人。方杰心想：我这个乡下山里来的穷小子，小城市的工人家庭看不上，国际社会视为高人一等的西方女人倒不在乎我的出身。

方杰注意到漂亮的西方女人难以抵抗的性魅力，是他在大学前一两年去听几个西方美术史讲座的时候。那些西洋油画里的西方裸体女人，又美貌又有高贵的气质。更撩男人心的是她们的身材。她们身材是那么的丰满，曲线是那么的婀娜多姿。

很多年方杰对白人美女只是远距离的羡慕和偶尔的幻想。方杰以前怎么也不会想起找到一个白人姑娘做女朋友。以前方杰想象中才有的、曲线撩人的西方美女安娜，如今在他的眼前他的身边，裸体地和他一起躺在床上，他们两个刚刚快活地进入了极乐世界，这一切在以前对方杰是多么地不可思议啊。

做爱的事，方杰和安娜讨论很多次。安娜是西方人，这方面比较开放。可是方杰一直不敢走出这一步，主要是因为中国人道德上、心理上的贞洁观，认为没有结婚的男女不能有性爱。安娜说西方男女现在大部分没有这种贞洁观，尽管以前在宗教的管教下贞洁观也很普遍。这次方杰终于阻止不住他压制了十多年的巨大的性能量，像一匹脱缰的野马，完全自由地狂奔在欲望的原野。

方杰心想：现在中国人也有开放的，婚前性生活对她们不是什么天塌下来的坏事，在社会上的影响也没什么可怕。再说他已经做了这个事，要后悔已经晚了。这次尝到甜蜜性爱的禁果，方杰觉得自己很快会像抽烟喝酒一样上瘾，要不要担心有什么可怕的后果呢？可是生命短暂，爱情常常来之不易，能享受应该尽量享受，能有幸碰到爱情应该拥抱爱情，有什么困难有什么问题慢慢再说吧。

第 21 章 我们要长久地在一起

　　两个星期后在劲松公寓约会，我和安娜在床上缠绵之后，我半开玩笑地问安娜要不要和我结婚，安娜竟然爽快地答应了。安娜告诉我，在西方男人求婚一般有个让女方惊喜的仪式。安娜理解这不是中国人的习惯，她不责怪我没有准备什么仪式。

　　我和安娜决定好要结婚以后，我们两个都觉得这个世界完全变了天。实际地讲这个世界还是这个世界，没有因为我和安娜心情的改变而改变。可是从我和安娜的角度来看，这个世界是个全新的世界。

　　从现在开始我们要长久地在一起，作为社会法律承认的一个单元，而不是两个个人，去面对去探索这个世界。尽管对结婚多年的人是很平常的事，婚姻对我们还是个新鲜的概念，我们还不知道婚姻是怎么回事。婚姻会是让我们觉得头大起来的巨变。

　　那个时候没有因特网，很多不知道的事情，需要找周围的同事同学朋友咨询。因为这是在我的社会圈子里是没有发生过的大事，我告诉安娜我们要做的第一件事，是告诉我工作的同事和在北京的同学。我们的男女朋友关系，一旦在我们的圈子里借助谣言传出去，会像山林里的野火一样快速蔓延。早一些时候主动公开能够阻止影响不好的谣言的传播。

　　在一次星期二上午办公室碰头会上，我心情紧张地告诉同事们，我要和一位加拿大女子结婚，给同事们看了安娜的照片。同事们都为我高兴、祝贺我们，有不少同事隐约露出惊诧的表情。同一天晚饭后在古城公寓的起居厅里，我们坐在餐桌旁闲谈的时候，我对同屋小冯和老田宣布这个消息。性格开朗的小冯好像让这个消息击昏了头脑，不知道说什么好："特大新闻，特大新闻，好事，好事。"

我花了一个来小时，向两个同屋交代我住在劲松区公寓的时候，我和安娜秘密交往的来龙去脉，让他们看了安娜的照片。小冯赞许地说："你小子贼厉害。这个洋姑娘是个大美人，还有英法德三个高等血统。我作为你的找对象教练，为你自豪，哈哈。"

我是请教小冯多次找对象的事，看来小冯自封为我的教练了。

老田不紧不慢地说："从世俗角度来讲，你的前女友的社会地位比你低，她母亲却因你出身低下看不上你。安娜来自发达国家的中上阶层，却不在意和你这个发展中国家的穷知识分子结婚。有意思，有意思，是个值得探讨的社会科学课题。"

我回五理工校园和老同学们关于安娜的谈话，成了平时见面不多的本科和研究生同学们聚餐一顿的借口。那时候在大学同学圈子里，从国外回来的同学一般要掏钱请客，他们花一两百块钱请几个同学在饭馆吃一顿不算什么。安娜是个外国人，我们也按照这个风俗出钱在五理工校园里办了两次酒席。

后来我给在江西乡下的家人写了一封介绍安娜的长信。因为怕家人对我和外国女人结婚不放心，我在信里述说得谨小慎微，还附上一张安娜在澳大利亚旅游抱可爱小树熊、显得文雅大方的照片。我的大哥在代表全家的回信里说："安娜看上去像一个文静的中国城市女青年，"大哥还说，"不知道将来你能不能留住安娜。安娜看得起我们中国农村人吗？在电影里看到的外国人，他们好像不把婚姻当一回事。"

5 月　五道口语言学院

为了庆祝我们办结婚手续的顺利进展，安娜和我请安娜同住一个宿舍楼的加拿大好友索菲一起吃顿晚饭。索菲来自加拿大蒙特利尔，长得苗条优雅，性格柔和活泼，像安娜一样通晓多种语言。我们在学校食堂里买了西餐，聚餐的地点是安娜的宿舍。安娜的菜是沙拉和汤，索菲要了牛肉片沙拉，我根据安娜的建议，要我喜欢的烤三文鱼。我们这次聚餐，是按照西方人的习惯，每人有自己的盘子的办法吃饭。

安娜、我和索菲在长方形的桌子旁边坐下。从房间门往窗户看去，索菲坐在桌子的左边，安娜和我坐在桌子右边，安娜直接面对索菲。我们一边吃饭喝葡萄酒，一边聊谈论我和安娜结婚的事。安娜在请索菲来吃晚饭前，已经大致地对索菲讲述了安娜要和我结婚的事。

晚饭开始了，索菲问起她一直好奇的问题：

"中国政府允许中国人和外国人结婚吗？"

"现在允许。改革开放后，中国在法律上明文规定，中国人和外国人可以结婚。"我说。很明显这些天我在涉外婚姻的这个课题上增长了不少见识。

"你们决定结婚以前偷偷地约会，你们不害怕？"索菲继续问。

安娜说："我自己不害怕，我是为方杰担心，因为我们以为对他很危险。"

我说："我以前不清楚政府允许不允许和外国人恋爱结婚。除了对政府政策不了解，我也害怕社会压力。政治法律上允许是一回事，社会压力是另外一回事。我开始的时候只敢秘密地同安娜约会。"

"有一次我们在一起让警察看到了，我们差点吓死。"安娜对索菲说。

"是吗？你们不是秘密约会吗，怎么让警察看到？"索菲问。

安娜说："我们一直很小心。有一天夜晚方杰骑自行车带我去他的公寓，经过一个施工工地时，我们不小心一起摔地上了，附近刚好有个警察站岗。"

安娜接着把那个晚上我们碰上警察的事讲述了一遍。索菲听后，说："你们的这个经历，用我刚学到一个汉语成语来表达，叫做有惊无险。"

我说："有惊无险成语用得恰当。有惊无险，也可以描述我们这几个月的秘密约会。"

索菲继续问："中国人和外国人办结婚手续复杂吗？"

安娜说："不像我想象的那样复杂，不过在西方人看来很不一般。"

和安娜在北京办结婚手续的事，起初对我和安娜是一头雾水。我问安娜在加拿大结婚要办什么手续，安娜说很多人结婚只要在教堂进行登记。至于中国人结婚要办什么手续，我对安娜说我记得在家乡村子里看到很多人结婚，他们只是敲锣打鼓办个结婚酒席就完事，没注意到他们要办什么政府手续。我和安娜问了这个朋友那个朋友、讨论来讨论去，才发现办跨国婚姻手续最终目的，是得到北京市政府签署的结婚证。

我说："作为中国人，我也觉得很新奇。"

索菲的样子听得入神，停下来右手握叉子，注视我们两个，问："你是怎么开始这些手续的呢？"

"我们找到一个好办法。方杰通过同学认识一个和美国女子结婚的中国人。我们一起去拜访了那对夫妻。"安娜说。

"多亏了那对夫妻，他们很帮忙。他们讲了他们的经验，和市政府的涉外婚姻登记处的信息。"我说。

安娜说："我们以前不知道还有这么一个外国人婚姻登记处。那对夫妻说登记处会要求我们提交各种文件，包括我们各自工作学习单位的介绍信。"

听到单位的介绍信，索菲说：

"这个有意思，结婚还要得到工作单位的同意。"

我心想：索菲觉得单位介绍信难以理解，是因为在加拿大，工作单位和个人私事没有关系。在中国，工作单位常常像一个的大家庭，很多个人的事情，工作单位需要参与的。

安娜说："语言学院是个以外国留学生为主的大学，学校的管理人员很熟悉跟外国人有关的事务。我估计他们签发介绍信的过程会简单一些。"

我接着说："我的工作单位可能多花一些时间。我的研究所是第一次经历这样的事情。要是在很多年前，估计我得到单位批准的希望很小。现在中国政策规定很清楚，我的单位动作慢是因为领导没有经验，要做些咨询和调查工作。"

索菲问："如果你们得到了介绍信？信里会说什么？"

"那个和美国人结婚的男子说，我的介绍信要声明我是研究所的工作人员，我的婚姻状态是未婚等。"

三个人吃完晚饭，安娜开始收拾桌子，把盘子刀叉放在桌子的一角。我和索菲也参与饭桌清理工作，把所有盘子刀叉转移到宿舍门旁的小桌上。收拾了盘子刀叉之后，我们继续坐在桌子旁，慢慢喝葡萄酒。

聚会快要结束的时候，我回想起这两年多我和安娜相识到准备办结婚证的艰难历程，按捺不住我的发自内心的解放和兴奋，举起酒杯高声地说："为了庆祝我和安娜的未来，也为安娜和索菲的友谊，干杯！"。

索菲，安娜，我一起高声地说："干杯！干杯！"

第 22 章　他们在公寓阳台喝起葡萄酒

根据安娜的计划，方杰和安娜在结婚前需要购置的不是冰箱、彩电或昂贵的家具，而是结婚戒指和结婚礼服。

在王府井东安市场买结婚戒指，还好是由安娜来主导，方杰只是当偶尔的翻译。方杰没有经历过在珠宝商店买东西，看到商店的高端装饰和打扮贵气的漂亮服务员，方杰这个穿着平平的穷书生会慌乱得不知道要说什么。可对安娜来说，逛这样的商店，像方杰逛新华书店一样普通平凡，看不出她有任何得紧张的模样。

和服务员用汉语、英语打招呼，试戴了几种类型的戒指后，他们决定买一对总价一千多元的纯黄金戒指。方杰以前没见过纯金子，别说这么昂贵的纯金戒指了。走出东安市场的时候，方杰对安娜说："要是我来付钱，这对戒指可要值我一年的工资啊。"安娜安慰方杰说，这对金戒指，对加拿大人算是很便宜。

安娜的结婚礼服，是她很想要的中国旗袍。为了保证旗袍的风格和质量，安娜根据她同学给的信息，专门找了位于王府井一个有名气的旗袍店订做。这天安娜去商店试穿那款大红旗袍，趁着做旗袍的师傅不在的时候，方杰轻声对安娜说："你的身材好，穿旗袍 classy（高雅）又性感，看上去像中国旧电影里的女明星。"安娜显然喜欢方杰的夸赞，笑着用英语说："你这样夸我，是不是想今天晚上有好运气啊。"

　　购买方杰的结婚礼服的过程，没有他们买戒指、买安娜的旗袍那么顺利。一天下午方杰和安娜在前门大街一带参观了几家高档服装商店，还找不到两人都满意的西服。安娜看中了两三件，可是方杰怎么也决定不下来。那些上衣的设计确实都很漂亮很高级，样式和颜色的区别也不大，换上个高大帅气的男人，视觉效果会很好。可方杰的问题是个子不高，穿上这些高级衣服在镜子是好看很多，可总是觉得欠缺国外电影看到的那个西装革履的形象。

　　在报刊杂志上，方杰看到一些文章和他的观点相似，说中国男人穿西服不好看，因为他们没有欧美男人的身材。安娜的看法不一样，安娜说中国男人穿西装也可以穿得好看。中国功夫明星李小龙，在西方电影里他个头不大，穿西服也英俊帅气。在安娜的一再劝说下，方杰在一小型西装服店里选择了一个他喜欢的样式。

　　在商店老师傅照应另一位顾客的时候，看着大镜子里方杰一身深蓝西服西裤，搭配纯白衬衫红丝绸领带，安娜激动地用英语说："So handsome, you look like Bruce Lee in suite, I want to eat you （很帅气，你看上去像穿西装的李小龙。我想吃你）。"

　　方杰赶忙说："轻声点，轻声点，别人要听见了。"

　　方杰心想：穿上这套西装，我还真显得清爽精神很多、有时尚高级知识人的模样。尽管安娜有主观夸赞的成分，安娜觉得特别好看是真。安娜这么喜欢，我还抱怨什么呢？

5 月 景山公园

初夏的景山公园，风和日丽，人来人往。游玩了能眺望故宫的山顶凉亭、望云台，有不同花卉开放的四季花园等景点后，方杰和安娜来到万春亭的茶室喝茶歇息。

和方杰在北京的风景点游玩，安娜总是带上柯达傻瓜相机，里头装的是彩色胶卷。那年头傻瓜相机在中国还十分昂贵，一般收入的人也还用不起彩色胶卷，冲洗费用太贵，营业网点少还不方便。方杰玩着安娜的相机，问起在加拿大相机的普及度。安娜告诉方杰傻瓜相机七十年代在加拿大已经出现，一些家庭已经拥有。她的柯达相机是她父母用过的二手货。

安娜说："你看到过，我小时候那几张选美照片就是彩色的，那时候是七十年代中期。"

方杰想起，彩色照片在前几年在中国开始出现。在大学里个别同学已经有了相机，大学毕业时同班同学在一起的照片，都是彩色的。

方杰说："傻瓜相机我买不起，我占有的最昂贵的财产，是录音机和自行车。这两件东西还是我两个哥哥帮忙买的，"方杰接着问，"你们加拿大刚工作的年轻人，我听说一般能有一辆汽车，是这样吗？"

"加拿大私人汽车很普及。很多年轻人上高中便有了小汽车，或者是父母赠送的，或者是自己买的二手货。"安娜说。

方杰心想，看来加拿大个人拥有汽车，像中国人拥有自行车一样普遍。两个国家经济发展水平差距，在这个简单的对比中，展示得极为明显。难怪中国人都想办法要出国呢。方杰和安娜饶有兴味地讨论起汽车和自行车，安娜说她十六岁便学习驾驶汽车，方杰说十五六岁正好是他学习骑自行车的年头。

方杰讲起他当年做木工的大哥买自行车的往事：

我当时也就十四五岁，我们住在江西南昌市以南的一个村子里。买自行车是我们家的大事件。我父亲、两个哥哥和姐夫都是木匠。当时做木匠、石匠等手艺人比在村里种田收入要高一些。不过他们的月收入也就二三十块钱，买一辆自行车要花二三百块钱，相当于我哥哥一年的收入。

我还记得那年夏天的夜晚，大月光下我大哥和他一起做木工的工友们，在我们家老屋外乘凉聊天，好几个晚上都讨论大哥购买自行车。他们讨论来讨论去，说买了自行车有多大的好处，办事情方便多了，骑车兜风也快活极了、有像在风中飞行的感觉。

他们也说到买自行车的坏处，有人出了车祸撞了汽车或者掉到深沟里。最终大哥还是下决心买下自行车。后来我在村里的晒谷场上学骑自行车。我摔了好几次，最后学会的时候那个痛快劲没办法形容。

听完方杰的讲述，安娜说：“你们买自行车时候的各种考虑和兴奋心情，和加拿大年轻人买汽车的情况差不多。我大哥十七八岁买汽车的时候，我父母帮他买了一辆二手汽车，一家人为他的安全担心死了。一次他喝醉酒开车撞到路旁的树上，我爸爸还要去看守所把他担保出来。"

方杰很有同感："还好你大哥没出什么大事。我骑自行车也出过事。我一次和我大哥一起在泥土小路上骑车，我因为经验不够失控，往我前面的几个行人撞去。幸亏我没有撞伤人。"

讲起中国人买自行车，方杰想到中国人购买三大件的习俗。方杰说："我以前对你说过，在中国年轻人要结婚，男方先要花钱准备好三大件贵重的生活用品。这三大件现在是冰箱、彩电、洗衣机，十年前则是手表、自行车、缝纫机。"

"难怪你大哥买自行车那么不容易，那时买自行车有点像加拿大买小汽车。"安娜说。

和安娜走出茶室的路上，方杰痛心地想起前女朋友的母亲不接受他的原因之一，是他来自乡下买不起冰箱、彩电等三大件。安娜已经对方杰说了多次，她很爱她的父母，但是在加拿大父母一般不干涉儿女的婚姻。各方面条件比他前女友还好的安娜，不光在金钱上倒贴他，对他的农民出身也丝毫不做考虑。看来一些中国人很在乎的事，加拿大人安娜一点概念也没有。

悠闲地在公园山间小径走路长时间后，方杰安娜来到一个草木浓密的斜坡一前一后地坐下。方杰双手从安娜的后面拥抱安娜，一边环顾四周一边说："好机会，这一带几乎没有人，我们又是藏在树丛里。"

话还没有说完，方杰右手已经伸到安娜的体恤衫下。

安娜依从方杰的抚摸，说："你觉得安全吗？我有点担心。"

"公园里恋人很多，大家都搂搂抱抱的，我们没事吧。"

方杰有些顾虑，但已经兴奋得管不了那么多了。

"我是个老外，有人会注意我们。你不怕？"

"有点怕，可我太想你的身体了。我们又熬了两个星期。"

"也很想你，你这一逗我开始激动了，坏人。"

"太好了，我已经硬了半天啦，真想摸你。"

"你这个大坏人，那我们小心点。"

方杰说："好的。我们趁没人注意到的时候，藏起来，坐在一起装作只是聊天。"

"Good plan（好计划）。"安娜说。

他们搬移到一处完全隐蔽的树丛里。方杰迫不及待地左手挽住安娜，右手轻柔地抚摸安娜丰满的乳房和温润的下边。安娜被挑逗得极为兴奋，轻声地催促方杰快点快点。不多久安娜浑身发抖，她的快感越过了顶点。这时方杰也激动不已，左手按着安娜柔软嫩滑的下面，右手发疯在裤里摩擦他膨胀的敏感部位，直到他亢奋地说"我射了，我射了"。

6月 劲松区公寓楼

方杰和安娜公开他们的未婚夫妻关系以后，他们在各种场合见面不用躲躲藏藏了。方杰暂住的劲松公寓的主人们，还有两个多月就要从日本回北京。方杰现在是劲松公寓和古城公寓的宿舍里两边住，把安娜介绍给了两位古城公寓同屋。在劲松公寓和安娜聚会，方杰再也不用担心宿舍大院里邻居好奇的眼光，方杰和安娜也可以一起在十五层楼的阳台上吃喝聊天观看城市风光。

又是一个周末星期六的晚上，方杰安娜在公寓阳台的小桌旁吃完晚饭，喝起安娜刚买到的长城牌葡萄酒，漫无边际地谈天说地。这时的阳台气温适宜，正是晚间乘凉的好时候。在这十五层的阳台上，方杰安娜欣赏眼前繁华的都市夜景。大楼附近的街道里，车流不息，行人往返。街道边的各种灯光，闪烁不已。远处市中心地带林立的高楼万家灯火，点缀出一个色彩缤纷的景色。

方杰安娜闲聊一阵子后，他们的话题转移到方杰以前一段困难的生活经历。

"那时候我五六岁吧，很多经历都没有记忆了，这件事我一直记得。"方杰回想起小时候他一家人连饭都不够吃的情形。

安娜问："是在你的第一个村子方家吧？好像你说了七岁的时候你们家搬走了。"

"对的，是在方家村。那时爸爸和两个哥哥在外县做木工，只有妈妈大嫂姐姐，和小孩子们在家。我妈说我出生的时候，村子里困难极了，她得吃野菜充饥。我记得的生活最困难的时候，是我们村子里大家吃罐子饭。"

"什么是罐子饭？"

"我以前也不太清楚，后来听妈妈说起多次才知道。那年代中国经济困难的时候，我们村里集体定量分配饭菜。每家每天只能分到限量的生米，放在小罐子里，在村公共食堂里一起蒸饭。吃罐子饭也叫做吃食堂。"

"那个时候你们家一天可以有几个罐子呢？"

"我的印象是不够吃，总是饿。当时我家七个人在村子里，一天也就能分到七个大小罐子。所谓的罐子，也就是大一点有盖子的搪瓷水杯，里边的米饭都不够一个人一天吃。"

安娜问："到底发生了什么，你现在还记得？"

方杰回到他的记忆中，神色沉重地讲述那天发生的事：

根据我大致的记忆和我妈重复的提起，那天我们一家在厨房里一起吃饭。好像是傍晚时间，大家正高高兴兴地吃着当天主要的那顿饭。突然三个村干部来到我们家，来检查我们每顿饭的数量。

村干部也就是村子里的老板。他们像现在的城市里的警察那样，来检查我们吃多少。我们一家受到检查战战兢兢的；检查的结果是村书记训斥我们一顿，说我们家吃的那顿饭超过规定的数量，我们要得到村里的处分。

我妈妈后来对我的解释是，我爸爸哥哥在外面做木匠，手头有点钱，我妈另外做了些饭菜。我妈得到村书记的训斥，感到很羞辱和不满。她经常提到这件事，说村书记对我们家有歧视，欺负我们家，因为我们家过得相对好一些。那年头的说法是，越穷越光荣，手头有点零钱的家庭像犯错误似的。

听完方杰的讲述，安娜说："我在加拿大学学历史课的时候，听到中国六十年代初的穷困和饿死人的事。你们村至少没有饿死人吧？"

"我没有听说过，不过大家还是过得很苦，我小时候家里总是钱不够花，饭不够吃。"

"你家和村书记的关系，后来怎么样？"

"一直不好，我妈一直记恨他，甚至不让我和他们家同龄的儿子一起玩。不过后来我爸爸哥哥得到朋友的帮助，我们家两三年后搬到了邻县的另外一个村子，和那个村书记也就没有关系。"

说到这里，方杰问安娜："那讲讲你小时候家里的事，有什么不顺利的经历？"

安娜想了想，说："加拿大一直是比较富裕的国家，我没有听到过饿死人的事情，一般人的温饱没有问题。不过，像很多家庭一样，我家也有为吃穿发愁的困难时候。"

方杰好奇地问："怎么会发生这种情况呢？"

安娜说："那时候我爸爸得了病，他的工程师工作没了，我妈当时是家庭妇女，在家管六个小孩。一下子家里没有收入了，很可怕。"

方杰心里一沉，问：

"听说加拿大社会福利好，没有工作国家也发些钱，不会让人饿死冻死。"

安娜说："生活在我们资本主义社会，什么都靠自己。我们一家八口人，我爸爸没有办法，跑到鞋店里去卖鞋，妈妈开了一个卖礼品的小店。不过他们的收入加起来还是很低，很难供养我们一大家子。加拿大是福利国家，我们家没有申请政府福利，因为吃福利是很羞耻难堪的事。再说我们一家如果靠福利生活也是生活在贫困线上，很艰难的。"

"我们生活变化很大。我们失去了住得舒服的大房子，一起住进了公寓。我们没有向政府要福利，吃穿都很拮据。"

"这个情况持续了多长时间？"方杰问。

安娜的神态放松下来，说："幸运的是，我爸爸的病慢慢治好了，一年后找到了工程师的工作，我们家的经济情况恢复正常。"

长时间谈论他们以前经历过的困苦，方杰安娜停下来举起酒杯若有所思地慢慢啜饮葡萄酒。休息一段时间后，方杰心情沉重地说："提起我们的父母，我这辈子很亏心的事情之一，是我没能生活在妈妈身边。"

安娜问："说的是你去北京上大学之后？"

方杰说："是的。我上高中的时候，已经不住在村子上的家里，只能周末回家。去北京之后，一年只能见上妈妈家人一两次了。没有办法，生活所迫，很多人都是这样；为了生存，离家出走，唉。"

安娜想起她的经历："是这样，我现在不也是离开了父母，来到地球另外一边的中国吗？"

"我生命中一个很难忘的生活场景，不断地重复，是我回家后，与母亲告别的镜头。"

"是在你住过的第二个村子里吗？"

方杰回想和母亲告别的情景，说："对的。我妈跟随我从老屋慢慢走过村子，再从村子走到村南边的山头，要半个小时。几乎每一次都是这样，大部分家人送我到家门口，妈妈总是要再送一段。常常也有两三个小孩跟着，她总是要再走半个来小时，唠唠叨叨，问寒问暖，送我到山头。我和妈感情很深，每一次她这样送我，每一次这样与她告别，我心里暗暗流泪。"

安娜很有同感，说："我和我妈感情也很深，完全理解你的感受。"

方杰开始想念母亲，对他多年远离母亲赶到惭愧。他眼含泪水说："很长一段我不知道的是，我家人多年以后才告诉我，我妈妈送我走了以后，想着又是一年半载才能看到我，回家坐下来总是要暗自流泪。听到这个以后，我一辈子都为这事亏心了。"

安娜靠过来紧抱方杰，说：

"不要伤心，其实这个情况很多人都有的。"

有安娜的拥抱，方杰感觉好一些，说："这些事，说起来挺难受的。”

停顿一会儿后，方杰拿起学者的腔调，说：“中国文化其实很矛盾。比如要小孩远走高飞，又说父母在不远游。”

安娜说：“加拿大没有类似中国成语的表达，但我们也有相似的矛盾。不过我们更强调个人自由一些。”

方杰又回想起与母亲告别的情形：

“我妈一直为我在北京上大学而自豪，可每次送行以后她要回家流泪。”

第 7 集　安娜　1994 年 · 江西

安娜 你会回来的

第 23 章 我第一次带安娜回老家

我和安娜在北京办结婚手续，总的来说不像我以前想象的那样复杂，没有什么不可克服的困难。有些麻烦的是，我们需要办理的文件还挺多，有些文件很花时间。根据市婚姻登记处工作人员发给我们的指引，我和安娜需要提供的主要文件是身份证明和未婚状况证明。

我的身份证明是我的户口本，未婚状况证明是我单位的介绍信。安娜的身份证明是外国公民的居留证和她的大学介绍信，未婚状况证明需由加拿大政府提供。安娜的未婚状况证明还需要进行英文到中文的翻译，并在北京市公证处办理公证。

我们 1993 年八月去市婚姻登记处询问了结婚登记事宜，快到年底的时候我们只能提供我们各自的身份证明和两个单位的介绍信。安娜的未婚状况证明和翻译公证还需要等到过年以后。

一年一度的春节假期很快要来到。这次过年我带安娜回老家之前，无法办完我们的结婚手续，年间在老家办婚礼也不可能。我和安娜商量好，先在家乡办一个订婚仪式。安娜问我能不能把订婚酒席办成婚礼仪式的样子，为以后办正式婚礼进行排练。我觉得安娜的这个主意很好，写信问了大哥。大哥说家里没有问题，本来订婚和结婚仪式差别不大，都是吃酒席。

公历 2 月 农历年底 12 月 从北京开往江西的火车

是回老家过年的时候了，我和安娜坐上北京开往江西余潭市的火车。我平时一个人坐火车，连买硬卧票的钱都难以凑齐；安娜的七百元一个月的奖学金生活费，是我的工资的十来倍，她为我们买了两张软卧火车票。

我是第一次体验到火车里普通车厢和软卧车厢的巨大差异。我以前坐的普通车厢常常是拥挤得水泄不通，今天我和安娜坐的软卧小隔间是个只有四个铺位的独立房间。和我们同时来到软卧隔间的，是一对带一个小男孩的夫妻。看到我和穿着时尚的金发姑娘在一起，这对夫妻显得十分好奇。陌生男子问我："你们去江西吗？"

我已经习惯陌生人对我和安娜在一起的关注，爽快地说："对的，我在北京工作，她也是。"

陌生男子边在桌上摆放东西边说："我姓周，叫我老周吧。我从余潭来北京出差，顺便在北京玩几天。这是我老婆。"

"哦，也自我介绍一下吧。我姓方，这是我未婚妻安娜，她是加拿大人。"我说。

"哎呀原来如此，我猜你们是一对的。小方你厉害，找了个漂亮的洋老婆。"老周激动地说。

这时那个四五岁的小男孩，打开他的牛奶瓶塑料盖子，不小心把牛奶洒在桌上，牛奶落洒到安娜的长裤上。男孩的这个小事故，一下子让大人们陷入忙乱。小孩的父母边骂小男孩，边不停地对安娜抱歉。

安娜并没有在乎，用纸巾擦干长裤上的牛奶，客气地用普通话告诉这对父母不要在意，他们小男孩很可爱。老周显得吃惊的样子，提起嗓门说："哎呦哎呦，你普通话说得太地道了，比我还地道。了不起，了不起。"

说起安娜的普通话，我们周围的朋友提到过，安娜的普通话比很多带地方口音的中国人更标准。老周的普通话带很重的江西口音。

"没什么，我有个中国男朋友教我，比我的很多同学们学得快多了。"安娜说。

我说："我帮了些忙，不过你的语言天赋很好，"然后对陌生夫妻说，"安娜除讲英语和汉语，还讲法语和德语。"

老周对安娜说："原来你是个语言天才啊，"再对着我说，"找了个外国老婆，你是个人才啊，为我们家乡争光，为中国争光。"

我说："不争什么光，算我好运气，偶然的机会认识了安娜。"

这是第一次有人说我找到个外国人未婚妻，是为国家争光。说老实话我是爱上安娜本人，也确实有些"光宗耀祖"的农村人旧思想，觉得找到个西方姑娘对象是一件有面子的事。

安娜接着说："我也好运气，认识了方杰。在加拿大，不同种族之间的婚姻很常见。"

按照安娜对我多次的解释，加拿大人找对象没有什么门当户对之类的等级观念，或者这种等级观念对他们很微弱；更重要的是自己喜欢不喜欢一个人。

老周一家人去了餐厅吃饭。我和安娜一起聊了一会儿后，安娜在我上面的二层床上休息了。我躺在下层床上寻思起我们和老周的对话来。

我在报纸读到找西方老婆是件光荣的事情，一个人把我找到安娜这个外国人对象，提到中国人争光这个高度，对我还是件新鲜事。我又想起我经常说到，中国人找对象好像在市场上买东西，每一件东西都有它的价格。

中国男人找对象的价格估值，大致是这样的：对于一个有政府工作的知识分子而言，与我相对平等的价格应该是有专业工作的女大学生。因为家庭出身是社会底层的农民，我要是找到个高干子弟大学生或者是有钱人家的大学生，我算是高攀了赚大了。从西方人的国际地位来看，我要是找到个家境不错的金发女郎大学生，我更算是高攀了、甚至为国争光了。

有意思的是，如果是中国女人找到西方男人对象，她本人算是高攀了，可从国家民族这个角度来讲，中国人是亏了。中国人的这个社会经济算盘太有意思。

江西金山县杨家镇

在公共场合和安娜在一起，我在江西农村的经验，和在北京的经验竟然完全的不同。在北京的时候，尽管中国人和外国人约会结婚的人不多，大街上外国人还是经常能见到，和外国人结婚也不是什么新闻。在江西乡下，我后来才知道那个年代外国人一般不被允许在农村观光旅游。我老家的乡亲们见过的外国人，都是电影电视上的外国人。

那时候我不知道政府是否允许我带安娜回农村老家。我觉得我和安娜有未婚夫妻的关系，我们的结婚手续的办理正在进行中，安娜前一两年和她二姐在中国南方旅行过，安娜在江西各地旅行应该没有问题。估计家乡政府也不清楚在农村接待外国人的政策，也没有人找上门来审问我们。

安娜回老家对我的家人是大事件。二哥来余潭市火车站迎接我和安娜的时候，带了三个青壮年男子，一起护卫我和安娜，在治安不好的农村保证洋姑娘的安全。平时我一个人坐火车回家乡到达余潭火车站，因为火车站离老家村庄很远，我一般是没有家人来火车站迎接这个待遇。

我们一群人径直坐上了开往老家附近的杨家镇的公共汽车。我们在杨家镇走下公共汽车，把大包小包放在两辆自行车上，慢慢地走下通往镇中心的山坡。

这时候让我们错不及防的事情发生了。曾在我二哥的工地上做工的老谢和儿子小谢，迎上来拦住我们回家的去路。原来二哥这几年做了建筑工程的包头，近期生意很不顺利，拖欠了谢家父子不少工钱。谢家父子听到我和安娜回家乡的风声，专门这个时候来找二哥要工钱。

看上去很不好意思又满脸苦相的老谢对二哥说："欠了钱，你要还吧？我们家等着这些钱过年呢。你弟弟找了外国老婆，应该能帮你一下吧。"

碰到这个难堪的情况，二哥看上去显得脸上很是无光，生气地说："去你的，我弟不欠你钱，你不要跟他过不去。"。

这时小谢插话说："你们毕竟是兄弟，你弟弟有钱了，他应该帮你吧。"

二哥用更加坚定的语气说："我弟不欠你钱，你不要胡闹好吗，在外国朋友面前丢人现眼。"

你来我往地和二哥争执几句后，看来狡猾的老谢只想吓唬一下二哥，吓唬一下他有能耐的弟弟，不想把事情闹得太大，故意装作和气的模样说："好好，我今天看在外国朋友脸上，先放过你们。"

安娜多次周游世界边学习边旅行，遇见过很多因为钱而出现的不愉快场面。碰到今天这个情况，看上去虽然她不显得吃惊，还是为我和家人碰到的情况而显得尴尬。我倒是深感痛心和羞愧；二哥生意的处境原来是这样的艰难，本来要带安娜好好地看看家乡家人，一回家便遇到这样的事，在安娜面前我简直无地自容。

老谢小谢走开以后，我和安娜一群人安静地在马路上走着。心有余悸的我用英语向安娜道歉："对不起，我不知道会遇到这种情况。你没有吓坏吧？"

对我二哥欠债的事，我和安娜以前已经商讨多次，我们还寄给二哥一大笔钱。我原来以为二哥主要的债务纠纷已经解决，看来实际情况并不是如此。在公路上遭遇讨债人挡住去路，我和安娜都是平生第一次碰到。安娜用英语坦率地对我说："有点尴尬，但我能理解，你最近也说过二哥的事情。我没有害怕，只是为你的家人难过。"

我继续说："谢谢你的理解，估计要是个中国城市的女人，她在考虑离开我了。"这时候我自然地想起和前女朋友莫婷的分手经历。

安娜说："我爱的是你。不管你家里情况有多困难，我不会因为你家里困难离开你。"

听了安娜的回答，我感动地说："碰到你这个好女人，真是我的运气。"

带着心情上震惊和杂乱，我闷闷不乐地和家人一起走向回老家的田间小路。安娜注意到我的不快，不停地安慰我要我不要想得过多，说这事已经过去了，心情应该集中在和家人在一起的好时光上。在安娜的提醒下，我回过神来，帮安娜、二哥和其他家人翻译起英语和家乡土话，一群人快步地走到老家村庄。

金山县胡家村

一群人到达胡家村的时候，天已经黑暗下来。走在村前的大路上，我们只遇见两三个村民。到了二哥家居住的房屋，我对安娜说，现在外面漆黑一片，明天白天再带她在村子里走走。

我们和暂住在二哥家的父亲、妹妹问好，直接坐在堂前的大圆桌旁。因为大家心情不太好、走了长路也累了，我们安静吃了二嫂做好的晚饭，大家洗漱后上床睡觉了。在收拾得干净整洁的卧室，我和安娜低声地聊了一阵子，安娜先睡了。我怎么也睡不着，久久地寻思在回家路上二哥遭遇逼债的情形。

我每次回江西老家看望父母家人、拜亲访友，大部分时间是快乐的。这次带未婚妻回家更是如此。可惜我一到家就面临家里近年的大危机，二哥在建筑生意上输得凄惨。近几个月二哥已经在信中对我讲了他的生意和生活中的困境。在信中二哥甚至说他有轻生的念头，远在北京无能为力的我，吓得时常半夜惊醒。

我知道二哥是有意把事情说得像天塌下来一样，胁迫距离遥远的我想办法帮忙。二哥知道我有了外国未婚妻，以为腰缠万贯的外国人这点忙是有能力帮的。我对二哥在信中施压很不满，可也知道二哥这样做是走投无路，不愿过于责怪二哥。我和安娜认识才一年，两个人说好是未婚夫妻，但毕竟我们还没有结婚，还不是一家人，我一时不敢提出要向安娜借钱，帮助我的二哥。

二哥本来是一个人做木匠或者跟其他人一起打工。改革开放后，做工匠的承包政府或私人大项目开始流行起来，这些承包商也被称作包工头。做包工头的人都想大笔大笔地赚钱，不少包工头也确实财运亨通。

可惜二哥没有做包工头赚大钱的好运气，他志向远大，勤劳实干，可他人太老实也没有做生意的计谋。他不光没有赚到大钱，而且被共事多年的好朋友骗了钱。他的几个工程进展不顺利，亏了钱、发不了工人工资。他的生意被逼迫到一条死路上。

二哥是个心地善良的老实人，他跟我说他看到弟弟和弟弟的外国人对象在马路上被阻拦的难堪，他不光很丢面子心里也十分沮丧。可是二哥也没有办法，生意失败了又欠了一屁股债，逼债的人甚至要威胁他的家人的安全。叫天不应叫地不灵，其他家人亲戚朋友都帮不了忙，他只好向在北京工作有外国未婚妻的我求救。

我和二哥关系一直很好。尽管二哥比我大十多岁，二哥从来不摆大哥哥的架子，我们一直保持着平等的兄弟关系。我还记得小时候在老家的阁楼，二哥教我读毛主席诗词《清平乐•六盘山》，"天高云淡，望断南飞雁……六盘山上高峰，红旗漫卷西风。"。二哥背我去村外庙里上小学。我在北京上大学期间，大哥和二哥一直寄钱帮我完成学业。

我对二哥是很感激，可我在金钱上帮助二哥却是无能为力。我幻想着要是我是个呼风唤雨的一个地方官或者赚大钱的老板，在金钱方面报答报答二哥和其他家人。可惜我是个自视清高的人，觉得是个国家级别知识分子，不要总是为钱这样低等的需求而浪费光阴。我不会像二哥那样放弃铁饭碗工作，跳入商海、盼望碰上好运赚上大钱。

二哥在信中向我和安娜借一万五千块钱，大致是他欠别人的债款的一半。那个年代西方来的外国人是金钱富有的代名词，也有实际的原因。作为中国政府初级雇员，我的工资是每月 80 多元人民币每年约 1 千人民币。相比之下，安娜的父亲是工程师经理，年工资 8 万加元 40 多万人民币。除去税收住房费用后，他的可支配收入每年是 25 万人民币。安娜父母借给我们 2 千多加元约一万多人民币，应该不是什么负担。

按照加拿大的习俗和安娜的个性，安娜如果现在向她父母借钱，她有工作有收入后要还给她父母。安娜两年的学习汉语课程很快就要结束，如果她留在中国，她很有希望找到西方国家或公司的工作。前不久有使馆区的一个美国语言学校，有兴趣雇她当汉语老师，工资是三万美元 21 万人民币，还提供免费住宿。借她父母的一万多人民币，对能很容易在北京找到西方公司工作安娜，也不是什么难事。

我很长时间一直犹豫，不敢向安娜提起二哥借钱的事。我和安娜的未婚夫妻关系刚刚确定下来，我哪有胆量向安娜要这么多钱呢。可是这笔钱对处于极端逆境的二哥是救命钱。我翻来覆去考虑了一个多月，最终决定我应该至少告诉安娜我家里的这个悲剧性的情况。不告诉她我心里会长久地忧郁，安娜会观察出来。我们决定要做夫妻了，我家里这么大的事，不告诉安娜道理上也说不过去。

一天晚上，我们在劲松公寓阳台喝葡萄酒闲聊的时候，我借酒兴壮胆，向安娜讲述了二哥的困境和借钱的想法。安娜当然同情我二哥的处境，也为我的低落的心情担心。可是她自己至今一直是穷学生，她偶尔得到父母少量的金钱上的支持，上大学和来中国留学，她都是靠奖学金和自己打工生存，从没有主动向父母要钱。当时她对我直接的回答是不同意，因为我们没有那么多钱。

倒不是因为安娜拒绝了我二哥借钱的请求，是因为二哥那些令我恐惧的来信，说债主威胁他和家人的生命安全，说他要轻生等等。以后的几个周末我们在一起时，我的情绪极其低落，很明显安娜看在眼里，记在心里。

一个星期六晚上在劲松公寓，安娜拉我的手坐在床边，说要平静地商量二哥的事。安娜对我说，她看出来我因为二哥的事一直心情不好，她好好想了一下，给在加拿大的父母电话商量了。她父母有能力也会愿意借钱帮一下二哥。后来分三次寄给二哥一万五千元，我一辈子从来没有经手过这么大的款项。要知道那年代农村的收入一万块钱的万元户，相当于现在的千万富翁啊。

第 24 章 这时令我和安娜惊奇的事出现了

次日 胡家村

胡家村是我去北京上大学前居住过的第二个村子。那个年代的江西农村，一个村庄和村庄周围的土地，是这个村庄的居民们祖上传下来的集体财产。村庄的绝大部分住户是一个同姓的大家庭的一部分，一个村庄是一般不会接受外姓住户。

我居住过的第一个村庄方家村，从来也没有外姓人，全村每一个人都姓方。我们家能够搬到不同姓的胡家村，是一个很少见到的特殊情况。我的大哥当年在胡家村一带做木工，和胡家村的村长成为好朋友，这位村长破例接受我们家移民到胡家村。

我家在胡家村住的房屋，是以前我们一家移民到胡家村的时候建造的。我去北京上大学后，大哥一家搬回到老家方家村，现在还有二哥、姐姐两家住在这里，我父亲这些天也在二哥家暂住。这栋房屋是典型的江西旧式民房。房屋屋顶是拱形、外层铺盖厚重的青瓦。房屋的外墙由红砖砌成，房屋的主体是长方形。

房屋内有六个房间，分别是左右四个卧室，中间叫做堂前的大厅，和大厅后面的卧室。房屋的门窗和内部的梁柱墙壁都是杉木材料。房子前面的屋顶下是铺着一层坚实的黄土走廊。走廊以外是宽敞的前院。房屋的后面和右边是单栋的厨房和猪圈。前院里由青石板铺成的小路通往村前的大路。

胡家村坐落在江西中部地区的丘陵地带。村庄坐北朝南、四面环山。村庄北边的山坡上松林竹林草丛密布，西南东边是为世代村民提供生存之道的农田。贯穿村前的是一条大路，大路的东端连接到家乡四通八达的公路网络上。胡家村是个小村庄，全村总共二百来人住在村里三十多栋房屋里。我家的老屋坐落在村前大路的西边。

我和安娜在二哥家得到了特殊待遇。我和安娜被安置在二哥二嫂的卧室里住，二哥二嫂则搬到老屋后面的房间住。尽管二哥家不够宽裕，我们每顿饭有鱼有肉吃。还好我和安娜在北京已经提前寄给家里一笔钱，作为我们回家乡办订婚仪式的费用。我和安娜没有给家人增加财政上的负担。

我以前在家乡从没有经历过被围观的经验，这次和安娜在胡家村走动，或者是在附近两个村子里拜访亲戚，我是完全体会到被围观的感觉了。确切地说，我是体会到安娜被围观，我附带也被围观的感觉。

家乡的年间是农闲的季节，那个年代很少人在省外打工，男女老少在家里或者是闲着，或者是干一些轻活。看着这些聚在我和安娜前面乡亲们，他们一个个兴致勃勃、笑逐颜开，一个接一个地问这问那，我和安娜并不觉得拘束尴尬，倒是喜欢这种在北京看不到的一群一群的人在一起的少有的热闹。

我和安娜到达胡家村的第二天，我的姐姐、姐夫来二哥家和我们商量我们一天的安排。我们一起计划好，我和安娜在二哥家吃早饭和午饭，然后在姐姐姐夫家吃晚饭。我们上午在二哥家吃饭，有一群人聚在我们周围看热闹。下午我们去姐姐家，这群人也跟着。在姐姐家坐下来，他们还聚在一起看热闹。人群里大部分是小孩和跟着小孩的中年妇女，也想凑热闹的男人们只是在远处观看。

在二哥家吃完午饭后，我们一家人围坐在两张圆桌旁，喝茶吃乡下叫果子的甜食，同时畅快地闲谈。桌子周围聚集了好奇的乡亲们。大人们笑容满面，他们说笑的话题大都是针对安娜这位外国稀客。孩子们在宽敞的房间里奔跑嬉闹，整个屋子充满欢声笑语，热闹非常。

站在安娜旁边的女子甲，没有征得安娜的允许，用右手托起安娜的披肩的金色长发，用土话憨厚地说：“你这个头发好看啊，像金丝猴的毛。”

众人显然觉得这个比喻有趣，一起哈哈大笑。

我用英语对安娜解释女人甲的话。

安娜看上去有些尴尬，对我说：“哈哈，我从来没有听到这样比喻我的头发。”

在两张圆桌旁的人群外面，一个年轻男子正在和一位漂亮的少妇调情。少妇经不住男子的挑逗，玩笑地突然推了男子一把。男子吃了一惊，快速后退了一步。然而，他没有注意到他身后的一个男孩。年轻男子猛烈地撞上了这个小男孩陌陌。

年轻男子撞到陌陌还是小事，不幸的是陌陌正在端着碗吃饭。砰地一下，那个瓷碗被撞破在陌陌的前额上，鲜血立刻涌流而出。陌陌的妈妈赶忙用手巾按住陌陌的额头，可惜手巾没有完全止住鲜血的流出。

这时令我和安娜惊奇的事出现了。二哥家的一位邻居迅速地从他们家带来一小罐黏糊糊的白色药膏，涂抹在陌陌的额头上，然后用布紧紧包扎。很快，陌陌额头上的流血停止了。这个药膏简直像是一剂神奇的良药。我用当地方言问姐姐，邻居用的是什么样的药膏。我听完姐姐的回答后，迫不及待地用英语告诉安娜。

"我姐姐告诉我，这位邻居用的药物很特殊，是捣碎的刚出生的小老鼠混合云南白药"。我接着对安娜解释什么是云南白药。

安娜听后惊恐不已，说："My goodness （天哪），可怜的小老鼠。"

我对安娜解释说，乡下人没有大病不去城里看医生，有不少非专业医生或者民间治疗法。在书香门第家庭长大的安娜，医学常识比我丰富多了。安娜说，那个白药的作用其实很简单，第一是包扎阻止鲜血流出，第二可能是消毒杀菌。

回北京后一次在建国饭店喝咖啡的时候，我们讨论起在江西老家经历的老鼠药事件。我对安娜说，我在工作单位的图书馆查了参考书才知道，这个老鼠药制作不一定用云南白药，也可以把小老鼠放在石灰里，然后捣成肉酱。这个制药法有没有科学道理，我在书上查到的信息是否定的，安娜也觉得应该是 folk science（民间科学）。"可怜的老鼠婴儿们，死得凄惨也死得冤枉啊。"我对安娜说。

那次建国饭店咖啡时间，安娜提到我以前没有听过的话题——西方的动物权利运动。从一九七十年代中开始，西方世界有了正式的动物权利运动，安娜在大学里听了有关动物权利的讲课。这个运动的基本哲学是：动物和人一样是有知觉有感觉的；动物和人一样应该有他们的物种平权；物种平权难以很快实现，但人类应该不断地改进动物的福利。

我对安娜说中国传统文化有同情尊重动物的思想，如佛教中的不杀生，儒家思想中的"恻隐之心，人皆有之"（同情心是人人具有的本性）。理论归理论，思想归思想，在西方东方的现实世界里，人们的行为和物种平权、同情动物的理想相比，还差十万八千里。

对于无意义地虐待处死小老鼠，我向安娜提到我在书上查到的一道中国菜名为三叫鼠。吃这道菜的时候，食客用烧红的铁头筷子夹住刚出生的小老鼠，它会叫一声。再来将它沾上调味料时，它又会叫一声。当食用者把它放入口中时，小老鼠发出最后一声。安娜听完我的讲述，平时很有主见的她惊讶得无言以对。

那天讨论来讨论去，我和安娜同意一种现实化的理想主义：人是暂时不能改变把动物当作食品这个现实，我们应该尽量减少对动物食品的消费；在宰杀动物的过程中降低动物的痛苦，不做像三叫鼠吃法那样虐待动物的事。

"不管你怎么宰杀动物，你杀死动物的事实不会改变，"我说，"有意思的是，在城市里生活多年了，没有了宰杀动物的经历，我开始有对动物的同情心。现在想起我小时候杀鸡，或者煎炒活鱼的情景，有某种负罪感。我现在很少买活鱼回家，怕杀生。"

安娜说："在加拿大，因纽特人宰杀鲸鱼的时候，要举行仪式为鲸鱼祷告，对鲸鱼表达感恩和尊重。"在这里我说明一下，纽特人是很多中国人熟悉的爱斯基摩人。

"因纽特人承认万物灵魂和神性，为现代的动物权利运动提供了启示。"我带着敬佩的口气说。

安娜说："不过我和你还是有些不同。我还是敢杀活鱼，没想到你现在对杀鱼那样敏感。"

"看来我在动物权利的路上，比你走得还要远一点。"我说。

第 25 章 方杰的订婚酒席在村里是件大事

公历 2 月 农历年底 12 月 去临河县的公共汽车

在胡家村二哥家住了三天后的早上，方杰、安娜带着父亲和妹妹，来到五里外的路边汽车站，准备坐公共汽车前往邻县的方家村，在大哥家过年。一辆破旧的公共汽车开过来。这辆车外壳的下半部分看上去原本是蓝色的，有很多地方已经脱漆。在平坦的公路上行驶时，车子也晃晃荡荡。

方杰安娜一行四人，来到公共汽车中间狭窄的过道，过道地板上已经堆满旅客们的大包小包。走在妹妹后面、安娜前面的父亲，通过这些大包小包的时候，没有走稳险些摔倒。安娜眼明手快，走上去一边问父亲"爹爹，你没事吧"，一边搀扶起父亲。周围的旅客们好奇地看着安娜，窃窃私语起来。

方杰一家人在公共汽车的右侧座位上坐下。方杰靠近窗户，安娜则坐在他旁边，靠近走廊。父亲和妹妹坐在方杰和安娜的前排座位上。他们旁边站着两位带许多包裹的妇女，看起来她们的行程不算遥远，没有在座位上坐下。

公共汽车开动后，方杰他们旁边的女人甲说："来了个外国姑娘，真好看哟，和电影里的卞卡一样。"

"是呀，和这个男的在一起，是他老婆吧。"女人乙说。

女人甲把安娜比作这几年很有名墨西哥电影女主角，方杰十分得意，赶快用英语悄悄地告诉安娜。安娜倒是没怎么在乎，她经常听到这样的夸赞。

平时寡言的父亲，满脸自豪地微笑着，对那两个女人说："她是加拿大人，是我儿子的未婚妻。"

"加拿大，好远好远吧。你儿子有福气，找了个外国老婆。"女人甲说。

安娜对女人甲说："是很远，在地球的另外一边。"

"哎呦哎呦，你还会说我们中国话啊。"女人甲说。

父亲说："会咯，还会一些我们的土话呢。"

"呐好，洽饭了吗。"安娜用方杰老家的土话说。

女人甲说："哈哈，哈哈，还会哇我们的土话。"

聊着聊着，女人甲像前两天胡家村的那位女人一样，用右手托住一束安娜的金发，说："你这头发好漂亮，像金色的丝线。"

安娜客气地说："在加拿大，我这样的头发很常见。"

方杰心想，又有人近距离检查安娜金色的长发，她不喜欢也已经见怪不怪。

看到父亲今天满脸的笑容，不停地美滋滋地给陌生人们介绍他的儿子和未婚妻，方杰感慨万千。方杰记得他的童年时候，父亲为了喂饱一家七口人，一年到头在外地做木工，每年只能过年过节的时候回家两三次。

那时候，因为和父亲在一起的时间极少，方杰很少与他交流。父亲不善于言词，对他说话时常用教训的口吻，方杰很多年觉得父亲像个陌生人。他记得父亲很少表露今天这样满意的笑容。现在看到父亲那么开心，方杰内心的满足和喜悦也油然而生。

和周围的陌生人聊了一会儿后，方杰安娜一行到中途一个城市换了车，然后在田间小道行走五里路，来到大哥家的方家村。

次日 临河县方家村

方杰老家请客吃饭的习俗，对外国人安娜是很新鲜的事。在方杰的二哥姐姐的胡家村住了几天，安娜对这个乡间习俗已经领略了个大概。亲戚朋友们多年未见方杰，方杰又带上了洋姑娘未婚妻，这当然是村庄历史上的大事。在二哥家要吃饭，在姐姐家要吃饭，在两三个好朋友家也要吃饭。就是没有时间吃饭，至少也要去方杰的亲戚朋友家喝碗鸡蛋汤面，吃甜食聊天。

安娜一次对方杰逗乐地抱怨说："你们中国人太喜欢吃。这次我们回老家，除了吃饭好像没有别的事可做。你们土话里，我听到最多的词是，吃吃吃。"哈哈一笑之余，方杰跟着逗乐说："别忘了你听到第二多的词是，吃饱了吗，吃饱了吗，吃饱吗？"

方杰继续解释说，家人亲戚们这么频繁地请客吃饭，是因为这是年间他们在老家做客。方杰问安娜西方做客的吃饭习惯是什么。安娜告诉方杰，在加拿大和在北京的习惯差不多，也就是亲人朋友之间聚一聚吃顿晚饭，或者喝个咖啡。

　　方杰发现，这个吃饭习俗的一个特点是农村和城市的差别。回到家乡，方杰有那么多亲戚要拜访，请客吃饭的时间多多了。在城市里生活大家庭少、亲戚少，当然没有这么多吃吃喝喝的事。这几天在方家村的大哥家住，像在胡家村的二哥家一样，方杰的家人要盛情招待方杰和安娜，和方杰有血缘关系的亲戚也是要请客吃饭。

　　年底二十四日早上，在方杰大伯家吃汤面后，下午还要在方杰的堂弟家吃汤面。像在胡家村一样，每次安娜实在吃不下这么多面条，又不敢剩下，可怜的方杰每一次要帮安娜吃剩下的面条，成了安娜说的"garbage gut（垃圾肚）"。早上下午吃面条后，晚上还有大哥家准备的欢迎方杰安娜的家庭大餐。

　　晚上的大餐和早上吃面条点心完全不一样，这可是鸡鱼肉蛋蔬菜齐全的宴席。家里的几个女人准备了一天，做了一个下午的菜，大嫂是主厨师，母亲妹妹和其他几个年轻女人是帮手。晚上一家十来口人一起坐在大圆桌旁。二哥来老家有些生意事，提前两天来参加订婚仪式。

　　等各种菜做得齐全得时候，房子前厅的深红色大圆桌已经摆满菜盘子。主要的菜有香菇炖鸡，青辣椒炒肉，青菜荷包蛋，烧鲤鱼等。安娜说加拿大人不吃鲤鱼，她来中国吃了几次觉得好吃。方杰不理解加拿大人为什么不喜欢吃鲤鱼，这在江西老家可是一道高等级好菜。过年期间方杰家要有鲤鱼，他们宁愿没有肉也不能没有鱼。

　　这天全家吃完晚饭，在大哥家房屋的堂前，围坐在一起。方杰的父亲母亲，大哥二哥都在各自的前面放了炭火小炉。母亲是家里的演说家，主要是她来说话，其他人听着或者回答问题。很长一段时间，一家子在一起和平时家庭聚会一样，气氛温馨祥和。

　　到了后来，大哥二哥谈起了借钱还钱的事。和其他时候经常发生的一样，他们俩不自觉地争吵起来。方杰心想，尽管安娜是个穷学生，生活用钱只是比一般的中国人宽裕一些。可在那个年代，西方来的外国人，是和有钱人划等号的。两个哥哥因为钱争吵，也是为了引起方杰和安娜的注意，看谁更需要经济上的帮助。

　　"这些钱，是方杰和安娜的钱。要还钱，你应该先给我工钱，我们毕竟是一家人。"性格内向的大哥平静地说。这两年大哥常在二哥的工地打工，也向二哥要工钱。

　　"你知道，有人坐在我家里威胁等着要工钱。你的工钱我给你一半多了，你这栋新房已经建起来，你现在不急用，可以等一下吗。"二哥为难地说。

　　大哥说："我也急需钱。我这房子建了，还需要钱过日子吧。"

　　方杰听着不是滋味，他已经给两个哥哥家里不少钱了，好像他们想要更多，但不敢明说。两个哥哥吵架的争论焦点，是方杰给二哥还债的钱；这些钱有多少作为工钱给了大哥，有多少用于付别的人的工钱，肥了外人田。实际上二哥付给大哥不少钱，大哥用这些钱建了这栋崭新的红砖房。

"你不要逼我逼得太急，像外人一样。过大年的，你哪能这样。"二哥开始不耐心，提高了声音说。

两个哥哥在方杰安娜面前争吵，方杰的母亲看不下去，生气地说："又是为钱吵架。看在杰仔和他老婆面子上，你们以后慢慢说好吗？"

看来母亲本来不要生气，看到两个哥哥争持的样子，一家人在远道而来的方杰和外国未婚妻面前很丢脸，便想尽办法劝停他们的打仗。母亲劝也无用，两个哥哥已经吵到气头上了，母亲也不想发太大的火，伤了过年前一家人的和气。

方杰也看不下去，央求起大哥二哥："哥哥，求你们不要在全家和安娜面前讨论钱，我们可以慢慢私下谈。"

方杰这几天本来因为二哥负债的情况心事重重，回家过年身处这样的家庭纠纷，沮丧气愤至极，不知不觉地他的鼻子流出血来。性格镇定的安娜，以前接受过急救训练，并没有慌张，边安慰方杰让方杰仰起脸，边帮方杰擦鼻血，还不停地告诉家人方杰没事，大家不用担心。看到安娜如此不慌不忙，体贴地照顾方杰，一家人佩服极了方杰的这个准媳妇。

临河县方家村

方杰和安娜的订婚仪式，正如他们期望的，这天在方家村按照乡下结婚的仪式来办。江西农村婚礼的流程，先是新娘的家人从新娘的村子里开始，敲锣打鼓放鞭炮，用手推车运嫁妆走到新郎家；然后新郎的家人在他的村子里举办一场盛大的酒席。

安娜的家人不在中国，安娜又在加拿大的不同城市长大，从安娜父母家敲锣打鼓走到方家村显然行不通。方杰和安娜的虚拟结婚仪式便省去了一半，只剩下酒席这一步骤。这次方杰的订婚酒席，在村里村外是件大事。参加酒席的人数约二百来人。方杰的家人在宽大的前院摆放了二十四张方桌，每张方桌能坐八个成年人。

方杰对安娜说家人选择了二十四这个双数是为了吉祥。安娜问方杰为什么双数才吉祥，名牌大学硕士毕业的方杰听过家人的解释，可怎么也提供不了能够说服安娜的答案。方杰没有能力负担这场盛大酒席的六七百元的费用，安娜和她父母早就答应出钱办理。方杰早先问安娜后发现，江西乡下办订婚酒席这些钱，对高消费的加拿大人是一百多加元的小钱，在加拿大四人之家在饭馆吃顿饭也要花一百来加元。

参加订婚酒席的，除了方杰的家人和亲戚，还有村委会的干部们和村子里各家的家长和老婆。方杰是中国最高学府五理工学院的毕业生，在国家机关工作，又找到个加拿大洋姑娘未婚妻，很多年来是家乡远近驰名的人物。

每次方杰过年回家，家人一般会摆两三桌酒席，请村委会干部和方杰的大学生朋友们吃饭。订婚仪式的主要桌次安排，和平时过年方杰家请客一样。主桌一桌是村委会干部和父亲大哥二哥姐夫，另一桌是方杰和大学生朋友们。

　　方杰老家的一些风俗习惯，对安娜来说看上去很奇特很不平等，可方杰和家人们都习以为常。家里女人们做菜端盘碗，可有客人的酒席之间是不能上桌吃饭的；要等到男人们吃完之后，女人们才可以到桌子上夹些菜，回到厨房里去吃饭。

　　这次陪方杰回江西老家，安娜时常对方杰抱怨不少男女不平等的习俗。除了办酒席的时候女人不和男人一起坐，年间新的家庭成员要登记村庄家谱的时候，女人甚至不允许触摸这本纸质书。这个规矩也太歧视妇女，安娜私下对方杰提出坚决的反对意见。方杰除了抱歉和安慰安娜，也不敢公开挑战几千年留下来的旧习。有意思的是，因为安娜算是高人一等的外国人，安娜却可以坐在男人的桌子上一起吃饭。

　　对于这些方杰和家人都习以为常的男女不平等，安娜开始很看不惯；可注意到方杰的家人之间在一起显示的幸福和睦，男女之间其实挺平等，她没有感觉什么歧视。在这个大家庭之中，其实最有话语权的是个女人——方杰的妈妈，安娜又觉得这种不平等仿佛只是表面上的，形式上的。

　　这天订婚酒席期间，方杰为应付客人而忙碌，迷糊糊地随波逐流，没有和家人和安娜讨论清楚一些关键细节。方杰的家人以为方杰和安娜已经知道，依照家乡的传统，婚礼时新娘要藏在新房里，不能参加酒席。新娘唯一出来的机会，是客人们吃喝得正痛快得时候，她跟着新郎给客人们敬酒。

　　可怜的方杰和安娜，本来这个宴席是他们生活中的高光时刻，方杰穿梭于家人和来客之间、问寒问暖，连去看躲藏在卧室里的安娜的时间都没有。安娜不知道宴席安排的细节，只是梳理好她披肩的美艳金发、穿上精致的贴身大红旗袍，打扮得华贵高雅，等待方杰或家人的指令。刚开始在卧室等待，还觉得这样做很新奇，挺好玩。可等了两个来小时、肚子饿的时候，她的心情开始沮丧起来。

还好方杰的侄女晓英够细心，端盘子送菜忙碌的间隙，给安娜送来香喷喷饭菜。晓英对安娜解释说，按照村里办婚礼的传统习惯，安娜要一直藏在卧室，到宴席开始一段时间后才陪方杰出去和客人们见面。晓英还告诉安娜，安娜等待的时间马上过去，一会儿方杰会来卧室找安娜，一起出去参加宴席的高峰时间，那时准新郎新娘向每一个桌子的客人们敬酒。

安娜吃完饭，正一个人在卧室里发闷。方杰匆忙地走进来，说："外面的人要我们去敬酒，现在你可以出去了。"

安娜看到方杰气不打一处来，愤愤地说："你在外面party（派对），把我给忘了。我一个人在这等了快两个小时。"

方杰说："对不起，对不起。我也是刚刚听到你要在房间里一直等，我一直在外面招待客人，忙死了。有人给你送饭了吧。"

"还好晓英给我送饭，否则我要饿死啦。"安娜说。

方杰听了很内疚，说："我实在对不起你，我一定要报答你的耐心，晚上床上好好抱你。"方杰走近安娜，给她一个长吻。

安娜心情稍微好起来，说："好，我们出去吧，我跟在你后面。"

这次酒席的高峰时刻，是准新郎新娘一起给大家敬酒的时候。方杰穿深蓝西装，佩大红丝绸领带，有帅气的知识分子风度。可大家的注意力集中在穿着华丽、风韵优雅的金发准新娘上。

安娜举手投足、一言一语，都有明星派头，引起大家的问话和议论。大家吃着喝着，谈论着安娜的美丽和标准的普通话，方杰看上去只是个帮手和陪衬。二百来人的酒席，本来就很喧闹，安娜和方杰给各个桌子的客人敬酒，把这个喧闹推向高潮。

次日　方家村河边沙滩

吃完早饭后，方杰和安娜一起去村庄外的河边散步。与坐落在丘陵山区的胡家村不同，方杰从出生到七岁的方家村，处在风景秀丽的小河旁边。这个时候的河滩上空旷无人，一里外的对岸马路上，过往的车辆远处看去像小型玩具。

安娜一直喜欢方杰的竹笛音乐，方杰特意带上他心爱的 E 调竹笛。在安娜的热情鼓励下，方杰吹起笛子名曲《姑苏行》。悠扬的竹笛声，仿佛飘飞在眼前风景秀丽的河滩，构造出有色又有声的奇妙境界。

欣赏眼前的美景和身边的金发美女，性饥渴多天的方杰，恨不得马上爬到安娜身上，在这美妙的河边做起那事。方杰问安娜想不想；令方杰欣喜的的是，安娜说她也想。

"好几天没有做，可以现在试试吗？"方杰饥渴地央求起安娜。

安娜转过身，吃惊地问方杰："你疯了吗？在这儿，河边？"

"这几天在房屋里不方便，我们憋很久了。"

"我不是不想，是在这样的地方我不舒服。"

方杰环顾四周，同意安娜这个地方太不合适太不方便。可欲火难熬的方杰又觉得这个场地反而更刺激，边继续和安娜散步边软磨硬泡。正想着无法说服安娜的时候，方杰提出了一个绝妙办法："我们不用脱衣服，只是拉下裤子做。"

"还是不行啊，对岸还有行人。"安娜说。

"Come on（别逗了），从远处看过来，我们两个人只是在沙滩搂抱而已。"

方杰这么一解释，安娜说方杰有些道理，还是有点不放心。

他们在沙滩走一段时间，方杰没有放弃：

"你看看周围，一个人都没有，对岸很远，车辆人们看上去像蚂蚁一样小，怎么会不放心？"

"我注意了，别人看不到我们，可这是公共场合，怪怪的。"

方杰说："这么好的风景，刚刚又听了现场笛乐，气氛也好。还有，在这样的公共的地方更刺激，我太想啦。"

"你这个坏人，我拿你没有办法。"

听到安娜让步了，方杰立即付诸行动。行事谨慎的方杰审视了场地，看到他们四周几里之内空无一人，除了开阔的沙滩和平静的河水，便是一里多远的满布野草的沙洲、他们附近的河堤。河水那一边的堤岸上的行人仿佛远在天边。

这天他们穿毛呢长大衣，安娜的灰色大衣方便地成了他们办事的床单。安娜躺在大衣上，慢慢拉下她的长裤。方杰观看安娜脱去暗红三角内裤，露出她雪白丰满的大腿和仿佛要让他昏厥的下边，迫不及待褪下他的裤子。在方杰的黑色长大衣的遮盖下，他们顾不得亲密，方杰便在安娜的下面长驱直入。

安娜显然也是欲火难耐，不停地说舒服舒服，恳求要方杰不要太急慢慢来。方杰听从安娜的提醒，在安娜的上面慢慢地动作，他们尽情地享受男欢女乐。

他们完事后，方杰说："好舒服。"

"我破例在这样的地方做，下次你要耐心一点。"安娜笑着说。

方杰说："不能等太长啊，多于一个星期就受不了啦。"

"看你的样子，都 exhausted（虚脱）了，累坏了吧。"

"很累，也很快乐，哈哈。"

安娜 你会回来的

第 8 集　安娜　1994 年　·　北京

第 26 章 我二哥来信了

从江西老家回到北京，我和安娜的生活还是在那个横跨北京城的三角形中进行。安娜读汉语两年毕业之后，她的一位女教授留下安娜这位优秀学生，让安娜参与汉英字典的编辑和汉语教学辅助工作。安娜工作和居住的地方在北京西北的五道口语言学院，我工作的办公室在北京东南的建国门外，我的居住地在北京西南的古城小区。

大部分周末我们在我的古城公寓度过，有些周末我们也去语言学院的外国人宿舍楼居住。这一段时间我的公寓单元里还有小冯夫妇，小冯的老婆已经从内蒙古家乡调到北京工作。另外一个同屋老田的老婆也从她苏州老家调到北京工作，研究所在朝阳区为老田夫妇安排了一套临时的住房。

因为我们还是未婚夫妻，法律上我们是不能同居，然而法律并不禁止一对情侣相聚在一起。当时中国的改革开放已经十多年，没有人在意一对未婚男女在一起度周末的事情。我和安娜刚刚公开恋爱关系的一段时间，在古城公寓我还夜半三更搬出我的卧室，跑到老田空着的房间或者共用的起居厅睡觉。后来小冯取笑我假装正经，我也就省掉我后半夜和安娜分开居住的形式主义。

我和安娜只是未婚夫妻，我们的日常生活和我公寓楼里的很多年轻夫妇一样，过得平凡温馨。我们生活中的一个重要现象，在我们回江西老家办订婚仪式的时候便开始：我和安娜参加亲戚朋友聚会或者出现在公共场合的时候，安娜是大家关注的主角，我只能扮演配角。

我们与小冯、老田等同事们，与在北京的谷欣、朱其等老同学们的聚会，安娜和欧美国家的风土人情、中国人在欧美国家生活的状况，成为餐桌上的主要话题之一。因为安娜的特殊身份，像在家乡我们被邀请到县长大人家吃饭一样，有一天我和安娜成了研究所所长大人家庭宴席的座上客。那个周末所长一家四口，办宴席欢迎从上海来访的弟弟和弟媳，邀请我和安娜参加。老家在上海的所长，为宴席专门做的红烧肉味道鲜美，现在回想起来还感觉齿颊留香。

安娜这个洋姑娘在北京公共场合得到的照顾，是我这个外地人在公共场合得到的待遇的一个强烈的对照。我母亲常提起的老话"见人打卦"描述的社会现象，在这种对照中得到清晰的反映。一次我在五理工学院南大门马路上，被一个骑单车的北京小年轻差点撞倒。我责备他骑车不注意行人，他注意到我的外地口音，不光没有对我道歉，还瞧不起人地骂我，"你外地的吧，去你丫的。"

还有一次我在北京前门逛街，我问一个街边小摊位的年轻男主人牛仔裤的价格。听到我不买他的牛仔裤的时候，男主人竟然恼火地责怪我挑选半天不买牛仔裤，威胁说，"找抽那，你这个臭外地的。"

安娜在公共场合得到不同等级的待遇，我可以举三个例子。第一个例子，一次我和安娜各人提一个沉重的旅行箱，开始爬古城地铁站的楼梯，一个青年男子二话没说，直接协助安娜把旅行箱提到地铁站的顶层；第二个例子，我和安娜在古城菜市场的肉店买猪肉的时候，肉店的男师傅会切出瘦肉多的肉卖给我们，说是要照顾一下我们中国人的洋媳妇。

第三个例子，还是在古城菜市场，卖鱼摊位的女主人，每次不光挑最好的鱼卖给我们，还给我们更好的价格。性格外向，话语很多的卖鱼女，每次都会和其他顾客一起，和安娜聊上几句，问寒问暖。很明显安娜在菜市场是得到明星一般待遇的顾客。外国人的安娜和外省人的我，在北京市民的眼中，社会等级明显不同。

4月　古城区公寓楼

一个星期六下午在家里工作下班后，我在古城地铁站接到安娜，我们要在我的公寓度周末。这段时间我的两个公寓同屋都不在，我和安娜到家后好好地亲热了一番。吃了晚饭后，我和安娜一起在厨房洗碗闲聊。

前些天我二哥又来信要借一大笔钱。因为二哥的事，近来我心情一直不稳定。这时候安娜告诉我，她下个周末要和几个日本朋友一起去北京郊外旅游。安娜没有提到，她的几个日本朋友中，有没有两年前追过她的日本男同学。想起下个周末我和安娜不能见面，而且安娜可能会和那位日本男同学在一起，刚刚接安娜回家的欣慰也掩盖不了我内心的醋意。

我头也没有抬，继续擦洗我手上的小碗："那个追你的日本留学生也一起去旅游吧？”不知不觉地，情绪不好的我竟因为她的日本男同学的事，对安娜说话时口气有些不友好。

安娜听了不高兴地说：“你怎么又提起那个日本同学，我们只是一般的朋友。”

“一般的朋友也可以变成不一般的朋友。”我对这个日本人追安娜的历史铭记在心，知道他有钱又健壮，对我一直是一个威胁。

“这事我们谈了几次，你还不相信我。我不想多说。”安娜看着我，一脸无奈的模样。

我们来来回回争论了许久，后来我因为安娜和日本男同学的友谊，更因为这些天二哥欠债引起的情绪的变坏，竟然对安娜大发脾气起来。安娜看来失去了耐心，也害怕我情绪失控，赶紧躲进了卫生间，还锁了门。

“你疯啦，我不要跟你吵架。”安娜隔着门大声对我说。

“你打开门，我们还没有说完呢。”我气愤地大声喊道。我这时意识到我情绪激动过度，可又因为安娜关上卫生间的门不理我而恼怒。

安娜看来确实不想吵架，口气平静地对我说：“你如果不 calm down（冷静下来），我不会开门，不会继续跟你说话。”

安娜词语中的害怕和警告，让我如梦方醒，我无奈地慢慢地镇静下来。

我说：“好好，我对不起你，我不应该这样发脾气。你出来吧，我们好好说话。”

我们平静下来后，两人拉着手坐在床边，慢慢地商量起来。犹豫了一会儿，我鼓起勇气把我的心事告诉安娜："我二哥来信了，他的生意的情况非常糟糕。又欠了别人一屁股债。"

安娜带着吃惊的口气，问我："又有人像我们回家乡时一样，追着他要钱吗。"

"很多人，有的开始威胁他，要砸他的家，要打人。很可怕。"

"太可怕了。那你能帮助他什么吗？"

我说："我离家太远，是鞭长莫及，真想不出什么办法。不过二哥要我问你，能不能向你家借一些钱救急。我很不好意思问你这个事，可我二哥又那么可怜。"

安娜寻思了一下，转过头看我，认真地说："我能理解你因为二哥心情特别不好。和上次一样，我会和我父母商量，他们会同意再帮忙一次。"

听了安娜的话，我惊喜又惭愧，对安娜说："二哥的事，你家能帮忙，我太感谢你和你父母。可我真不好意思再向你父母借钱。"

安娜说："我们要结婚了，要成为一家人。我如果有能力，当然要帮忙。等我有个外国公司的工作，还给我父母这点钱不难。"

安娜接着对我解释，如果以后她和我要是搬到加拿大工作生活，我在中餐馆里洗碗，也有能力很快还给安娜父母这笔钱。解决了我们的心头病，性格开朗不像我那样多虑的安娜，很了解我喜欢什么。她在录音机放上轻快很有节奏感的爵士乐，挑逗地舞动她的性感翘臀。本来等了一个星期很想念安娜的我，烦心的事一时飞到天外，右手抓住安娜圆圆厚实的屁股，也跟着音乐摇摆起来。

古城公园

那个年代北京一般居民的月收入，除去吃饭穿衣剩不下多少钱，城市里商业性的娱乐活动没有兴起。周末的时候，一个家庭或一对情侣的消闲时间，很多是在各色各样的公园里度过。我住的古城公寓楼，坐落在两个公园旁边。东边是北京当时唯一的游乐园，东边的社区中心是居民用的古城公园。

这天下午我们在古城公园外的食物摊买了米粥和肉饼，来到公园里的山坡树丛旁吃野餐。饭后我们坐在山顶空地上，一边观看风景和来往的游人，一边闲聊天。安娜讲起她刚买的中国民乐的磁带，提到她的高质量夏普录音机。当时在中国普通人买的录音机，二三百人民币已经很昂贵。安娜的这台录音机值得二百多加拿大元一千多人民币。这台录音机是安娜的加拿大男性朋友送的贵重礼物，每每看到或想到这台录音机，我心里便感觉几分醋意。

我对安娜说："你总是用这个录音机，是不是很想他啊。"

"你说什么呀。"心眼不多的安娜，让我问糊涂了。

我进一步解释说：“他送你这么贵重的礼物，肯定很喜欢你。”

“他现在还在追我，我以前也有点喜欢他，哈哈。”安娜显然还没有注意到我口气中的不安。

事情是这样的。在加拿大上大学期间，安娜有一个暑假居住在一个叫汤姆斯的小镇。安娜住在她的大姐姐家，帮姐姐看两个小孩，晚上在酒吧工作挣些钱。这儿的电器店的主人唐尼，那个暑期和安娜在一个圈子里玩，成了挺好的朋友；唐尼想进一步发展恋爱关系，安娜不久要离开小镇，没有对唐尼说是或不，保持着一种朦胧的关系。

我和安娜分手那年的夏季，安娜从北京回到加拿大看家人，在汤姆斯小镇的大姐家住了几天。这次安娜回到小镇，唐尼旧情复燃，他越加追起安娜来。和上次情况一样，安娜觉得不应该和唐尼发展男女朋友关系，但挺喜欢在朋友圈子里，和唐尼在一起。为了博得安娜的欢心，唐尼在安娜的告别聚会上，送给安娜一个贵重的高级录音机。安娜欢喜地收下了唐尼的录音机，平日听音乐听新闻用的都是它。

“那个暑假你回加拿大的时候，你们在一起了？”我急切地问。

安娜说：“没有，我没有喜欢他到跟他约会的程度。还有我在那个地方只呆一个星期。”

这时候我才放下心来，继续问：“你们那时候至少在一起玩？”

安娜说："去过几次酒吧，和其他朋友一起。"

安娜然后对我说，年轻人中一些互相认识的朋友，扎堆去酒吧，是他们的社交娱乐的方式之一，有点像在中国跟朋友出去下饭馆看电影一样。

在我的追问下，安娜讲述了她以前的两个恋爱经历，她高中的男朋友和大学在酒吧打工的同事。当安娜向我交代，她和两任男朋友有过比接吻拥抱更亲密的经历，我心里充满醋意和不安，告诉安娜不要继续我承受不起。

安娜安慰我说，和以前男朋友的事情都过去了，她的心中现在只有我，我才放下心来。按照中国恋人的习惯，我提议我们都销毁以前情人的书信和照片，安娜有点不理解，说加拿大人并不要求这样做，但还是尊重我的感情，答应销毁她的那些东西。

我对安娜交代我只有过一个女朋友莫婷。莫婷的事我以前对安娜提到过。像许多加拿大女孩子，安娜嫉妒心很弱，不怎么计较我的过去。那天我讲了我和莫婷的事情的经过，也给安娜看了莫婷的照片。我还记得安娜真诚地夸赞莫婷漂亮，表情上没有显示任何的担心和不快。

"我跟你说过我和莫婷分手是因为她母亲不同意，嫌我来自农村。"我对安娜说。有意思的是，当时和莫婷分手后，很长的时间里我心里装满失去莫婷的伤感和对她母亲的埋怨。现在我有了安娜，说起莫婷的时候，没有感情上的纠结，只是事实上的讲述。

安娜说：“你给我看了她的照片，她挺漂亮。不过我很高兴，如果她不离开你，我就不会有你。”

讲起我以前的女朋友，安娜的态度是那么的平和，我有时候寻思她会不会在男女关系上吃醋。和安娜交往了很长一段时间后，我发现安娜也吃醋。不过从感情上的激烈程度来说，与我和很多中国人相比，安娜这方便的敏感度比我这个醋坛子轻微多。

“我也觉得幸运碰到你了。问你一下，你们家会嫌弃我是中国人，尤其是中国农村人吗？如果你父母不同意我们在一起呢？”我和安娜以前简单地谈及这个话题，现在我觉得是认真向她提出这个问题时候。

安娜带肯定的语气回答说：“这个你已经知道了，加拿大文化完全不一样。我们找恋爱对象，是喜欢不喜欢这个人，其他因素也有，不过是次要的。我喜欢你，我根本不在乎你是哪个国家的人，是不是农村来的。”

我继续问：“在中国找对象常常要父母同意。你父母说了他们为我们的婚事感动高兴，如果你父母不同意，你会怎么办呢？”

“我很爱我父母，他们也很爱我。可是在加拿大，父母没有权力干涉孩子找对象的事。如果他们不同意，干扰我的私事，我会很失望，也会说不要管我的闲事。”

后来我阅读了一篇分析文章才知道，西方国家的父母一般不干涉儿女婚姻，原来和他们的平权文化有关。小孩们长大成人了，婚姻是他们极其重要的私事，他们不干扰父母的私事，父母也不能干扰他们的私事。

安娜 你会回来的

大成人了，婚姻是他们极其重要的私事，他们不干扰父母的私事，父母也不能干扰他们的私事。

第 27 章 安娜细致观赏方杰画的花鸟画

5 月 古城区公寓楼

五月的一个星期六，方杰和安娜在房间里吃完晚饭，收拾清洗放好碗筷后，在床沿上并排坐下。又是两个星期没见面的他们，这时候欲火难耐，手脚不安分的方杰把安娜按在床上，使劲地揉搓了一番。事后，他们分别在床上和椅子上坐下，这时方杰故作玄虚地说："我要给你看个惊喜。"

安娜整理方杰胡乱抚摸后的紧身薄衬衣，问：

"惊喜？快给我说，什么惊喜？"

"你先闭上眼睛。"

"好的，我很好奇是什么。"安娜说，顺从地闭上眼睛。

方杰从床下慢慢拿出一张一米长的、平整地铺在灰色纸板上的宣纸画作，放在床上，说：

"好了，睁开眼睛。"方杰不知道安娜会不会喜欢这张画作，口气里带有紧张。

安娜睁开眼睛，床上是一幅笔触精美的彩色花鸟工笔画。画中有岩石草木，和栖居在野外的公母一对山鸡。安娜以为这张画是方杰为她买的礼物，兴奋地说："太美了，是给我的礼物吗？哪里买的？"

方杰没有回答安娜的问题，反而问安娜：

"你觉得怎么样？"

"很美的中国画。"安娜说。

安娜是个中国传统文化迷，觉得中国国画太酷。

方杰轻声地问："你知道这是谁画的吗？"

"我可猜不出来，我只知道一两个中国画家的名字。"

方杰自豪地说："他站在你面前，我一笔一笔用一个月的业余时间为你画的。"

安娜惊喜地问："真的吗？。"方杰笑着连连点头。

方杰带安娜一起朗读了画中的题词，"有二山禽，羽锦尾修，双栖于野岭，同醉于百木。"方杰解释说，这幅画代表他们将来在一起的幸福生活。

安娜细致观赏方杰画的花鸟画，感动得情不自禁地热吻起方杰。方杰忍受了两个星期的对安娜渴望的煎熬，右手伸进安娜的牛仔裤，狠力揉搓安娜丰腴酥软的臀部，热烈地和安娜拥抱接吻。方杰的下面这时迅速膨胀起来，苦苦央求安娜一起做一个 quickie（快云雨）。

安娜一边故作拒绝，挑逗地埋怨方杰常像条 horndog（发情的公狗），一边急不可耐地推下她的贴身牛仔裤，让方杰在床边从她后面直接进入。贪婪地盯看安娜雪白的大圆屁股，方杰疯狂地无数次在安娜里边抽插，后来实在压制不住他动物性的狂野，奋力喷发给安娜，大喊太舒服啦。

几天后　古城区公寓楼

方杰安娜吃晚饭清洗完后，来到阳台桌子坐旁喝咖啡。公寓的同屋小冯夫妇有事出去了。方杰右手挽着安娜的腰，和安娜一起观看社区的夜景，问："找到了会裱画的人吗？"

"找到了。你不要生气，她是王庆的姐姐王燕。"安娜知道方杰听到王庆会有些顾虑，小心翼翼地回说。

王庆是安娜刚到北京时认识的一个语言学院的学生，他在去澳大利亚留学以前在语言学院学英语。安娜经常在方杰面前讲到王庆，她和王庆经常和一些朋友一起结伴游玩。

"你知道我不喜欢王庆，你怎么偏要问他啊。"方杰说。有中国男人传统观念的方杰，一想起王庆以前经常和安娜在一起，心里便不是滋味。方杰告诉过安娜他不喜欢安娜和王庆交往过多。

安娜没有忘记方杰对她与王庆交往的不满，说：

"对不起，我认识的中国人不多，那天王庆去看我，我问了他。"

"王庆去看你了，你们都说了什么啊？"方杰越想到王庆拜访安娜，越加发起醋意。

安娜用带抗议的口气说：

"你不要太 sensitive（敏感）吗，我们只是朋友。别忘了，我是先认识王庆的。"

方杰知道安娜的文化传统不同，在西方女人可以有男性朋友。但方杰没有办法，还是像大部分中国人一样，听到自己的恋人和别人交往会醋意发作。再说方杰能感觉出来，王庆有追求安娜的意思。安娜是个漂亮的金发女郎，很多中国男人会像方杰一样，如果有机会的话，对安娜有做一般朋友之外的想法。

思来想去，方杰妥协地对安娜说：

"好了好了，不想为这事争吵。那什么时候我们去裱画？"

安娜说："我和王燕商量好了，下个星期日。"

王府井美术学院

一天下午，方杰和安娜来到王燕的装裱画工作室。这个工作室坐落在王府井美术学院主楼的第二层，屋内摆放着一张特大的长方形工作台。裱画的主要工序是托画，也就是在画作的背部托上一张宣纸。王燕站在工作台旁边，把宣纸画作背面朝上铺放在工作台上，先用喷壶均匀地喷洒水花，再用排笔刷上稀释了的浆糊。

安娜是第一次看到这古老的中国工艺，兴奋地问：

"刷浆糊很难吧？要慢慢地刷？"

"对的，要轻微缓慢地刷。这是裱画的关键，浆糊刷好了，裱画基本完成。"王燕一边在画纸上轻微地刷浆糊，一边对安娜、方杰讲解。

王燕然后把一张叫做托纸的宣纸贴在画作上面，用宽大的棕刷上下排扫托纸，使整张托纸平整地贴附在画作的背面。王燕最后把画作粘贴在墙上晾干。

方杰也是第一次看到这个古老工艺，说话有些激动：

"对你来说，看上去很容易做得十全十美。"

王燕说："像做其他手工艺一样，裱画这个工作也是熟能生巧。在这个行业打磨时间越长，你的制作水平也越高。裱画的基本技术挺简单，你们可以在家里自己试试。裱完这张画，我会教给你们基本技巧。"

安娜说："好啊，我很想试试。"

"如果不麻烦，我也想试试。"方杰对王燕说。

裱完画在走出美术学院大楼的路上，安娜欢喜地问方杰：

"王燕帮我们裱画挺好玩，你肯定也喜欢吧？现在不吃醋了吧。"

"实话实说，这次观看王燕裱画确实很有趣，这是我平生第一次看人裱画。"方杰回说，"我心里的醋劲儿现在消失了，不过以后又会回来。除非你哪一天不交男性朋友。"

安娜笑着用英语说："Let's see, see how well you'll treat me then （那再说吧，看你以后对我好不好）。"

第 28 章 方杰想起将来的各种可能性

这年秋冬之交，还是未婚夫妻的方杰和安娜，平静地生活在古城和五道口两个住处。一场取名为新型亚洲流感疫情，杀伤力像 2019 年在武汉爆发的新冠肺炎，把方杰和安娜的生活，扔进一片混乱之中。

第一次流行的亚洲流感开始于 1957 年，是一种由 H2N2 亚型的流感病毒引起的大规模疫情。全球范围内有约 2 百万人因这一次流感疫情丧生。这次疫情在贵州西部爆发，并迅速传播到其他亚洲国家以及全球各地。

流感病毒的命名格式是这样的：HxNy，其中 x 和 y 分别代表血凝素（H）和神经氨酸酶（N）的亚型。1968 年在香港爆发的第二次亚洲流感，是由 H3N2 亚型的流感病毒引起的，全球范围内也有约 2 百万人死于这次流感。

为人们所熟知的一种流感病毒是 H1N1，它引发过 1918 年西班牙流感，和 2009 年 H1N1 墨西哥流感。西班牙流感 1918 年在欧洲开始流行，是现代历史上最严重的大流行病之一，造成了 5 千万人的死亡。2009 年的新型 H1N1 流感，是在墨西哥和美国爆发的一次全球流感大流行，导致约 30 万人死亡。

这次新型亚洲流感病毒，也是 HxNy 格式病毒的一个亚型。像其它新出现的没有治病药方的大流行传染病一样，在一个山东海边小城市开始，已经流传到北京的新亚洲流感，由几个病例在北京扩散开来。几十几百个流感病人的无治死亡，很快给北京给中国给世界带来了恐惧。

曾经充满热闹和活力的北京城，突如其来的新亚洲流感如一场噩梦到临。以前熙熙攘攘的街头巷尾，此刻却变得空空荡荡。人们戴着口罩匆匆走过，避免着不必要的接触，街上的喧嚣已被静寂取代。西方国家公民开始离开北京，逃离流感疫情。加拿大大使馆和其它西方国家使馆一样，派专机接加拿大侨民回国。

方杰和安娜周末住在一起，在北京的生活已经安定下来，安娜不愿意离开方杰离开中国。新亚洲流感大流行十来天以后，传染越来越快速广泛。安娜在加拿大的家人，都敦促安娜先回国躲避一下，保护好身体，以后和方杰在一起的日子还长呢。

方杰一方面觉得安娜回国是好事，另一方面他心里也有些不自在；除了远在天边的分离的痛苦，方杰很担心他们的结婚手续还没有办好，尽管方杰他和安娜现在的感情很深，安娜有可能不回来了。安娜以前不止一次提到过，一对男女各住两大洲的两地分居，在西方社会很难维持情侣关系，特别是没有结婚的情侣关系。

11 月　北京火车站

方杰在南昌教大学的同乡孙启坐火车出差路过北京，和方杰在北京火车站的候车室匆匆见面聊聊。孙启告诉方杰，方杰的前女友莫婷，前几日突然给他在大学的办公室打来电话，问起方杰的情况。方杰好久没有想起莫婷，孙启提到莫婷让方杰吃了一惊，心想这个该死的女人会不会又要恢复关系。

事情是这样的。莫婷和方杰第二次分手后，在南昌江岸大学继续读书。他们的这次分手比上一次惨烈得多。分手后一个阴沉的冬天早晨，他们在江岸大学门口互相交还情物、默默不语的情景，在莫婷的心中至今挥之不去。

随着时间的过去，莫婷受伤的心情慢慢地愈合，接受她和方杰没有缘分的这个现实。她把精力集中在大学的功课和毕业分配上，不再花时间谈恋爱找对象。她知道毕业后一定要回家乡工作，她的终身大事等到那个时候再说吧。

看来要忘记方杰是不可能的。这些天莫婷在报纸上看到北京新亚洲流感疫情的消息，莫婷发现她时而为方杰的安全担心。疫情刚开始的时候，莫婷没有想过要不要打听一下方杰的情况。直到北京的疫情发展严重，有很多人因疫情失去生命的消息传出的时候，莫婷开始为方杰担心起来。莫婷顾不得面子的问题，觉得应该找朋友问一下方杰的情况。

莫婷认识方杰在南昌的好友孙启，也留着她以前记下来的孙启的工作电话号码。找了个合适的时间，莫婷鼓起勇气打电话向孙启问方杰在北京的情况。

和孙启打电话后，莫婷知道方杰没事，心里的石头落了地。听到孙启说方杰有了漂亮的金发未婚妻，莫婷倒是大吃一惊。莫婷知道方杰会有别的女人，可时而会幻想方杰不会有别的女人，有一天方杰还会回到她的身边。现在方杰有了对象，而且还是个外国女人，有听上去比她更般配的对象。莫婷想她妈妈觉得方杰地位低下，配不上她这个城市女人；可人家漂亮的西方女人都要和方杰结婚，这个世界是真奇怪呀。

和孙启打完电话后，莫婷继续想着：其实方杰能找到个他中意的对象，是她预料中的事。方杰是个有才情的男人，是个文质彬彬的高级知识分子。尽管方杰出身低下，他还是能得到城市女人甚至外国女人的喜欢；莫婷不就是个城市女人爱上方杰吗。方杰是永远不可能回到她的身边了。是莫婷无情地抛弃了方杰，是莫婷第二次无情地抛弃了方杰。

回到现在时间，方杰和孙启在空荡荡候车室的西北角落坐下，方杰迫不及待地问孙启：

"为什么莫婷突然给你打电话呀？"

孙启稍微地逗乐道："她担心你呀。听到北京的疫情，她怕你不安全。"

方杰心想：莫婷现在还关心我，至少不是坏事吧。方杰迫不及待地问："你对她说了什么呢？"

孙启沉思起来，回想他和莫婷对话的细节：

"我对她说也不知道你现在的情况，只是知道你有了个加拿大的未婚妻安娜。我对她说我见过安娜，安娜是个很漂亮的金发女郎。"

方杰好奇地问："她说了什么啊。"

孙启耸耸肩，显出无奈的神态说：

"她会说什么呢？她就是有感想也不会跟我说吧。我猜她还关心你，有些后悔了呗。"

方杰和莫婷的恋爱过去了许久，莫婷给孙启的电话还是触动了方杰内心的痛处。方杰悻悻地说："我们的第二次分手很痛苦，我不会和她说话了。你如果有机会，代我问好吧。"

孙启安慰道："好的。你们分手已经过去好久了，你想开点。"

与孙启见面谈莫婷对方杰的关心，对方杰是个不小的震动。坐地铁回古城家里的路上，方杰情不由己地想起莫婷。方杰觉得他和莫婷的恋爱，尽管结束得很悲惨，他心里已经平静了。方杰心想：现在有了安娜，我只能选择安娜一人，再说对莫婷以前那样热烈的感情也不存在。他觉得这件事不应该也没有必要告诉安娜，引起安娜的好奇心；尽管方杰知道安娜是个没有什么疑心的人。

加拿大使馆面包车

这天早上北京天气寒冷，五道口语言学院的街道两旁树木凋零。方杰和安娜带大包小包，在五道口语言学院的东大门，静静地等待。加拿大使馆派来的面包车，匆匆驶到大学东门口空旷的停车区，接安娜和方杰去加拿大留学生集合的地方。

方杰和安娜在面包车里的座位上坐下来后，安娜问组织接人的大使馆一位官员和商人菲利普先生："我们去哪里暂住呢？"

菲利普说："你和你的朋友，加上其他几位留学生去我家。剩下的留学生去另外一家。"

使馆的面包车开动了，方杰问坐在他右边的安娜："为什么我们去菲利普家呢？"

安娜轻微地摇头，说："我也不是很清楚，好像是觉得宾馆不方便，又是紧急情况，就安排我们在商人菲利普家暂住。"

方杰开始害怕，这是一个摆在方杰面前的严峻现实，方杰要一个人面对这个大疫情。这一年多方杰一直有安娜在方杰的生活里，他在心理上有了对安娜的完全的依赖。安娜要回加拿大去了，方杰想起上一次的他们两个的分手。那时他们分手有很充分的理由，他们还只是开始不多久的恋人，两个人没有长久在一起的打算。

方杰知道安娜是值得信任的人，他们两个已经订婚有了山盟海誓。可是人是现实的，和安娜上次分手是教训，和莫婷两次分手也是教训。不管最终怎么样，方杰想没有安娜的日子将很艰难和很寂寞。对将来方杰也不敢想太多，因为将来很未知很可怕。方杰更愿意回想以前和安娜在一起的时光，回想事情顺利时的温馨，回想克服困难以后的快乐。

面对这次疫情，方杰想起他们的将来的各种可能性：或者是安娜回加拿大家里去，或者是安娜留在中国，或者是方杰和安娜一起搬到加拿大去。方杰去加拿大行不通，他们两个没有办好结婚手续。

安娜留在中国很不安全，这次疫情很危险，是中国几十年没有见到过的疫情。加拿大相对安全多了，安娜的父母家人也不愿意安娜继续呆在中国。方杰和安娜已经商讨同意，他们的将来的唯一出路是安娜先回加拿大，等到疫情过去以后安娜再回到中国。

朝阳区加拿大人公寓楼

菲利普住在一栋很气派的、六层高的欧式公寓楼里。菲利普公寓单元的一楼是办公室，餐厅厨房和起居室，二楼是主卧室和两间小孩的卧室；一楼厨房的旁边是一个小型后院。菲利普和他的妻子及两个小孩住在这里，这段时间小孩被送回加拿大的爷爷奶奶家中住。方杰和安娜，还有另一对情侣，被安排在后院的临时搭起的两个帐篷里。

中午时间，方杰安娜在帐篷里安顿好后，来到公寓起居室，加入已经坐在那里的四五位留学生，一起喝咖啡聊天。遵守加拿大使馆散发的健康指引，留学生们和其他人员或者带着口罩，或者保持两米的社交距离。加拿大政府匆忙的撤侨行动，当然是留学生们的聊天的主要话题。

安娜的好友索菲，满脸愁容地说："这次回加拿大行程太匆忙，我很多事情还没准备好。希望疫情赶快过去，政府还赞助我们回来。"索菲来自蒙特利尔市，正在语言学校做硕士学位。

来自西部城市卡尔加里的华人女子小苏说："我拿两年的奖学金，刚刚学了半年。我很怕我回不来完成我的 program（课程）"

有美国男友的加拿大女学生琳达，讲起她和她和男友安迪的困境："我们一点准备都没有，我不知道和安迪回北美做什么。"

"我可以回我的大学教书，教东亚文化，你想办法在大学找工作吧。"安迪安慰道。安迪有博士学位，是美国犹他州一所大学的助理教授。他在五道口语言学院参加短期汉语培训。

听了朋友们的诉苦，安娜也讲起她的难处："我现在在中国有个词典翻译的工作，回加拿大也不知道要做什么。可能先在餐馆打工，再申请政府公务员工作。"

"我们的工作生活计划都打乱了，怎么办啊？"索菲感叹道。

安娜说："是的，我的生活规律完全打乱。本来我和方杰在办结婚手续，现在要中断。"

小苏问："你们结婚手续办得差不多了吧？"

方杰回说："重要的办好了，我得到了工作单位的介绍信，安娜也得到语言学院的。"

安娜说："现在还剩下加拿大政府的未婚证明，和英文文件的翻译和公证。"

"我们和安迪回美国，办结婚手续简单，可准备婚礼就很麻烦啦。"琳达附和道。

大家一起聊天的时候，从公寓前门走进来一对艺术家打扮的情侣。男的叫皮亚尔是来自魁北克省的法语加拿大人；他清瘦帅气，风度翩翩。女的名吴珊，是个北京姑娘，秀丽妩媚，婀娜多姿。在房子里安顿下来后，他们俩坐在安娜旁边，和安娜方杰搭上了话。

皮亚尔和吴珊是一对恋人，可是他们几乎不能用语言进行交流。皮亚尔才学了两个月的汉语，吴珊不懂法语，他们两个人的英语基础也薄弱。碰巧安娜会说法语，日常汉语也比较流利，安娜便是他们四个人交谈的专职翻译。从他们四人交谈中，方杰发现他和安娜开始谈恋爱的经历，和这对陌生人情侣有很多相似的地方。

安娜是法语加拿大人，那个男人也是法语加拿大人。方杰和安娜认识一两个月就坠入爱河；这对恋人也刚刚认识一个月。方杰和安娜刚认识的时候，他只能用简单的英语和安娜交流；这对恋人在交流上比恋爱初期的方杰安娜更困难，男的刚刚开始学汉语，女子不会法语、又几乎不会英语。安娜后来说他们一直在指指划划地谈恋爱。

留学生们的咖啡时间后，皮亚尔和吴珊有一些他们需要互相交流的个人问题，请求安娜留下做他们的翻译，方杰先回到后院的帐篷里休息。一个来小时后，安娜回到他们的帐篷。方杰好奇地问安娜：

"你觉得他们两个人是真爱吗？"

"他们都挺好看，是一见钟情。我觉得是真爱，他们准备结婚一起去加拿大呢。"

"爱情这个事，太神奇了。"

"我们刚认识的时候，也差不多吧？"安娜笑着说。

方杰想了一下，觉得安娜说得对呀，他和安娜认识相爱，也够不一般的。

方杰打趣地问："你帮他们翻译了一些暧昧语言吗？"

安娜笑道："那大家都会很尴尬，我要逃跑的。他们倒是说了一些互相喜欢的话。"

这时候安娜突然想起她需要和在加拿大东部的母亲打电话。二人走出帐篷，走进屋里。安娜借用菲利普电话和母亲说话后，他们在后院木板平台上的户外沙发里坐下。

方杰问安娜："你妈妈说了什么？"

"她说一家人担心死了，希望我尽快坐飞机回加拿大。她也希望你一切平安。"

"加拿大外交部有什么消息吗？"

安娜说："妈妈每天给外交部打电话，问情况。加拿大和美国在这种情况下总是互相帮忙，如果飞机不够，我们可以搭乘美国飞机；加拿大也帮美国人撤离。"

方杰继续问："那明天晚上你的飞机没有问题吧。"

"应该没有问题。"安娜说。

尽管方杰不敢面对安娜确实要离开中国这个现实，他还

是为安娜的飞机能按时到达加拿大，为安娜能够逃脱疫情的
险境感到欣慰。

是为安娜的飞机能按时到达加拿大，为安娜能够逃脱疫情的
险境感到欣慰。

尾声

安娜 你会回来的

第 29 章 方杰在街边看面包车消失在远处

1994 年 11 月　朝阳区加拿大人公寓楼

菲利普的家屋里屋外夜深人静，方杰安娜和另外一对情侣回到他们各自的后院帐篷里，其他留学生们也回他们的房间睡觉。躺在帐篷草地上的两人睡袋里，带着久别前的不舍和沉重的心情，他们脱下衣服一丝不挂热烈地拥抱。

带着仿佛世界末日的感觉、对他们未知将来的忧心，两个性感又饥渴的身体，纠缠在一起，充满激情。长时地互相揉搓和撕咬之后，他们迫不及待。安娜悄声哀求着，方杰渴望着，方杰把他坚硬热呼呼的下体，慢慢地让两人享受着，滑入安娜湿透的粘粘的里面。

方杰和安娜对坐在地铺上，安娜握住方杰的双手，动情地看方杰说：“你知道这只是暂时的分别。等事情过去以后，我回中国和你结婚。”

“你那么远，我们可能要分开多年，我有点担心。”方杰的心情不好，说话的口气也沉重。

安娜问：“你不相信我？我猜测最多两三年时间，事情就会过去。”

这时方杰觉得应该像安娜那样，乐观向上一些，说：

“好，我相信你，也希望这次疫情很快过去。”

第二天早上，安娜坐在帐篷边上的小型草坪椅上，开始把堆积在她周围的衣物和日用品装进旅行箱里。方杰对坐在另一把草坪椅上，静静观看安娜每一个动作。安娜的国际旅行经验丰富，对方杰说她装旅行箱的技术比一般人高超。一般人装满物品的旅行箱，安娜经常能腾出四分之一的空间。她主要的办法是把内衣内裤、外衣外裤等卷成一个个圆柱体，这些圆柱体占用的空间比原来的衣物会少很多。

装完她的各式衣裤、围巾手套袜子等后，安娜拿起那件厚厚的中国军大衣对方杰说，这件军大衣陪伴她度过许多寒冷的日子，她要把它带回加拿大。加拿大的冬天比北京更冷，这件军大衣更能派上用场。安娜最后把厚重的外衣和毛衣放在旅行箱的最上层。她再拿起一个棕色皮质背包，用来放置日常用品，以便在旅途中随时使用。

在旅行箱里放置完各种物品，安娜开始整理她的重要文件和文件的备份。她将护照和身份证放在她随身携带的暗红皮质手提包里。安娜拿出两份亲友和政府部门联系人电话单，她留一份递给方杰一份。安娜告诉方杰，她以前在不同国家旅行的时候，这份紧急情况联系人电话单极其重要。

这天傍晚，加拿大使馆的面包车停靠在菲利普家的街道旁，在菲利普家暂住一天、要去首都机场坐飞机回北美的留学生们，一个接一个拖着行李箱走进面包车。阳光透过树木照在众人的身上，对站在大街行人道上、刚刚和安娜吻别的方杰来说，这阳光没有了原来的灿烂和温暖。

方杰的目光注视着面包车，注视着拖旅行箱离去的安娜的背影。方杰心中涌上一阵强烈的欲望，他想快步地跑步追上安娜，紧紧地抱住安娜，不让她走进大使馆的面包车。可是方杰知道这是不可能的。安娜的长时间的远离已经不可避免，方杰心中的痛苦和无助让他感觉呼吸困难。

面包车缓缓启动，慢慢移离方杰的视线。方杰下意识地挥举起手向安娜告别，尽管他知道安娜看不见。方杰站在街边看面包车完全消失在远处，禁不住悄声地自言自语：

"安娜，你会回来的"。

建国门到古城的地铁

这些天的朝阳区建国门一带，旧时热闹的街道上空寂无声。戴口罩的行人们，互相保持社交距离，来去匆匆。商店门上贴有通知，限制顾客流量。大型的菜市场空荡荡的，顾客寥寥无几。建国门地铁站里，开往古城的地铁车厢冷冷清清。几个乘客们各自坐在车厢的角落，眼神里显得忧心重重。坐在车厢右后角的方杰，思绪离不开刚刚在菲利普家的街边与安娜伤心告别的一幕。

从小到大和很多其他人一样，方杰在生活中经受过很多挫折。不管他接受不接受这些挫折，事情的结局一般是他放弃争斗，做出事实上的接受。在男女感情上，方杰已养成随波逐流的态度。大学的时候，方杰写过几封对大学中学女同学表达兴趣的书信，其结果是石沉大海或者不了了之。方杰受到多次女同学的拒绝或变卦，不断地自我训练，学会适应一次又一次接受无情的现实。

和莫婷谈恋爱，莫婷抛弃方杰的感情不是一次，而且是两次。方杰知道莫婷不能继续下去的原因是很充分，她承受不了两地分居的艰难和母亲的反对。可是他们的感情很深，两个人从外貌和教育程度来讲也般配，有很多女人有类似的情况坚持了下来，和她们的对象们克服了这些外在的困难，得到了爱情的胜利。

可惜莫婷不是那些女人，做不到那些女人做到的事。方杰和莫婷恢复恋爱关系的时候，几乎相信莫婷能够做到。莫婷没有做到，对当时的方杰来说，仿佛是天塌下来一般的打击。方杰当时以为他如此地痛苦，他不能继续活下去。可是随着时间的逝去，方杰接受了失去莫婷的现实，继续在人生的路途上走下去。

和刘芳的友情，在没有莫婷、没有安娜的那段时间，刘芳是多好的异性的陪伴。研究所图书室的闲聊打趣，刘芳宿舍里的弹唱排练、不时的小聚会。他们没有身体上的贴近，可有那么多的心情上的抚慰。可惜碍于社会的规则和人言的可畏，他们的互相倾慕只能在隐蔽中进行，在保持身体和内心距离的友谊中进行。

方杰安慰自己，他在寻找异性伴侣方面遭遇的种种挫折，其实遵循某些不能改变的自然和社会规律。工作中经常听到的世界人生不可预测，人生中的孤独寂寞不可避免的理论，是这些规律的很好表达。

方杰意识到，他的学习和工作上的成功，他能够逃离山沟里的穷困，在中国最好的大学毕业，在国家级别的单位工作，他的人生算足够顺利、足够光鲜、足够满意。可是，就是对那些人生成功的人，工作生活也不是一帆风顺。相反，他们的人生旅途常常充满崎岖不平、惊涛骇浪。

不光是寻找异性伴侣，在他的人生历程中，方杰经历过多少艰难困苦。中国改革开放之前，也就是方杰上高中之前，方杰的一家人吃饭穿衣常常是个难题。母亲说方杰刚出生的时候，正是中国三年困难结束不久，母亲要靠吃树皮野草填饱肚子，没有足够的奶水喂养方杰。方杰记得上中学上大学的时候，母亲为了让成长中的儿孙们每年每人吃上一只鸡，她自己从来不舍得吃鸡，只啃小孩们吃剩下的鸡骨头。方杰上高中时候，为了考上大学的他不光要省吃俭用，还要坚持每星期七天每天十多个小时寒窗苦读。

人生的历程不可预测，生活中的艰难困苦不可避免。可为什么偏偏是在他男女感情上经历了这么多大起大落、大风大浪后，为什么偏偏是在他和安娜订了婚、过上几个月平静温馨在一起的生活，遭遇上突如其来的、要分居在地球两边的、漫长看不到终点的离别？

方杰想起逃避恐怖的流感疫情、逃避安娜离他远去的这个现实，想起放弃或者离开这个世界。

离开这个世界，方杰心情极度痛苦的时候会想到这条路径，方杰周围的人有的也会想到选择这条路径。五道口理工教学主楼，时而会有学习上经受不了重压的学生，放弃一切跳楼自尽。

可方杰是个贪生怕死的普通人。只要能平常地活下去，对方杰来说这个世界还是值得呆下去的。方杰忍受不了离开社会、出家当和尚的禁欲和寂寞，也没有勇气离开世间、自寻绝路。将来和安娜是否在一起的前途是让方杰伤痛的大未知数，方杰像以前面对各种艰难困苦一样，面对又没有了安娜的陪伴，面对一个人在千万人的大都市里无边无际的孤苦伶仃，要得过且过。

地铁马上要到古城站了，仿佛沉浸在梦幻中的方杰，向冷冷清清的车厢，向看上去像他一样心事重重的人们一眼望去，方杰又一次地在心里弱弱的呼唤：

"安娜，你会回来的，你会回来的。"

9 781998 479009